我在青春里等你

宛沐清 著

Waiting For You

台海出版社

图书在版编目(CIP)数据

我在青春里等你 / 宛沐清著.---北京：台海出版社，2015.8

ISBN 978-7-5168-0716-3

Ⅰ.①我… Ⅱ.①宛… Ⅲ.①故事-作品集-中国-当代 Ⅳ.①I247.8

中国版本图书馆 CIP 数据核字(2015)第 210351号

我在青春里等你

著　　者：宛沐清	
责任编辑：王　品	
装帧设计：虞　佳	版式设计：通联图文
责任校对：陈　嫒	责任印制：蔡　旭

出版发行：台海出版社
地　　址：北京市朝阳区劲松南路 1 号，邮政编码：100021
电　　话：010-64041652(发行，邮购)
传　　真：010-84045799(总编室)
网　　址：www.taimeng.org.cn/thcbs/default.htm
E-mail：thcbs@126.com

经　销：全国各地新华书店
印　刷：北京高岭印刷有限公司
本书如有破损、缺页、装订错误，请与本社联系调换

开　本：889mm×1194 mm	1/32		
字　数：170 千字		印　张：8	
版　次：2016 年 1 月第 1 版		印　次：2016 年 1 月第 1 次印刷	
书　号：ISBN 978-7-5168-0716-3			
定　价：28.00 元			

版权所有　翻印必究

CONTENTS
目 录

爱上的所有人都像你 / 1

爱上的所有人都像你 / 2

被风吹过的夏天 / 21

暗恋是一个人的天长地久 / 35

天黑说爱你 / 42

爱你在繁花盛开时节 / 54

爱你在繁花盛开时节 / 55

阳光下的微笑 / 64

总有那么一个人 / 86

有生之年,狭路相逢 / 106

半暖的感情无法取暖 / 119

半暖的感情无法取暖 / 120
站在离你最近的地方看你幸福 / 132
广岛之恋 / 141
孤独比爱你舒服 / 150

执子之手,与子偕老 / 160

执子之手,与子偕老 / 161
最佳男闺蜜 / 176
不负流年不负卿 / 185
爱的供养 / 190

最好的爱是点到为止 / 203

此去经年 / 204
而我也只能到喜欢为止 / 224
最好不相见 / 231
最好的爱情是点到为止 / 238

爱上的所有人都像你

I wait
for you
in my youth

爱上的所有人都像你

有那么一个人,他穿透了你的整个青葱岁月,伴你走过似水流年。整个青春的光阴里都有他白衣蓝衫的味道,每个花期里都有他阳光灿烂的梦境。终离去,任你一人停在原地,彷徨无助,无限哀伤,却下定决心,将那一段往事搁浅在心间,忘掉所有花落,从此漫游人间。

简澜在梦中惊醒,眼角还含着泪水,她伸手一摸,连枕巾都湿透了,她轻叹了一口气,慢慢地走下床来,给自己倒了一杯水,压住了怦怦乱跳的心脏。

窗外还是漆黑一片,简澜拉开窗帘,静静地看着外面的星辰,北斗七星还在那里莹莹闪耀,然而,物是人非,人终究是对抗不过流年。

她想起了她的刘懿枫,那个喜欢穿着白衣蓝衫的少年,那个让她在尘世永远纠缠不清的一个人,她不知道她和他是否还有可能再见……只是,认识你之后,我爱上的所有人都像你。

我在
青春里
等你

人们都说世间所有的相遇都是久别重逢,简澜深信不疑。简澜的家就住在她所在的学校F中里面,她的父亲则是F中的校长,母亲也在学校里面任教。她人如其名,喜欢简单至极的生活,又懒惰到了极点,每天除了吃就是睡,上课的时候睡,走路的时候睡,到了家还是睡,这让她身为校长的父亲每日都恨不得自撞南墙。

"简澜!你怎么说也是出生在知识分子之家,你能有点儿追求吗?你这样子让我和你妈妈的老脸往哪里搁?"简之明每天都要唉声叹气地训简澜一顿,脸上全都是恨铁不成钢的恼怒,如果不是怕被媳妇给打出去,他真想去验一下DNA,看看自己是不是抱错了孩子。

"哎呀,老爹!你给我起名叫作澜,这不就是懒的意思吗?我是按照您老的旨意来生活的!您就别唠叨了啊!"简澜每次都将过错推到简之明给自己起的名字上面,然后,伸个懒腰,打个哈欠就去屋子里睡觉。

四月的天气清新而舒适,屋外桃花盛开,万物复苏,到处都洋溢着恋爱的气息,一切都是最为美好的样子。

I wait
for you
in my youth

今天她破天荒地早起,因为做了一个奇怪的梦,心里有种透不过气来的感觉。于是,她便打算去操场上溜一圈。对于她这样怎么吃都不胖的身材来说,她是懒得早起跑步或者健身的,平日里的她真是懒惰到了极点,如果能坐着绝对不站着,如果能躺着绝对不坐着。

一切都仿佛有定数一般,就是因为这个朦胧的清晨,简澜改变了一生的命运,她的命运因为这个清晨和刘懿枫紧紧地联系在了一起。

"哇,清晨的空气就是好啊!"

简澜深深地享受着这美好的一切,周围鸟语花香,天边挂着鱼肚白,晨间的最后一颗星辰还未隐去。她一会儿摸摸路边的小草,一会儿逗逗树上的小鸟,玩得不亦乐乎。

邻近操场越近,砰砰砰的打球声也越来越明显,打破了清晨的沉寂,但是,却没有任何的不和谐之处,反而给清晨的静逸多了一分灵动的美。

"是谁这么大清早地出来打球啊?真是吃饱了撑的,多睡会儿该多好呢?"简澜揉了揉惺忪的双眼,走进了操场。接着简澜便看到了穿着一身白色运动服的一个男孩儿在打篮球。只见那个男孩儿的球技了得,运球的动作和灌篮的动作一气呵成,让本来就痴迷《灌篮高手》的她无法挪开双目。

"哇!好厉害啊!加油!加油!"简澜快乐地蹦起来给他

加油,那个男孩儿显然没有想到这么早来练球还会有观众,便停了下来,回头看简澜。

此刻简澜看清楚了他的样子,只见瘦削俊逸的脸庞在清晨中显得那么的帅气非凡,那清秀眉目中带着坚毅,简澜莫名地心念微动……

她呆呆地站在原地看着他,清晨的第一缕阳光洒在他的身上,她想起了紫霞仙子的台词:"我的如意郎君是位盖世英雄,有一天他会踩着七色的云彩来娶我。"此刻这个打篮球的男孩仿佛就是踩着七色云彩的盖世英雄……

"简澜!过来一起打会儿球吗?"男孩儿向她做出邀请的姿势。

"你怎么知道我叫简澜的?"简澜的心雀跃起来,白皙的小脸儿上绽放开了如桃花般的笑意,一双大大的眼睛里面闪烁着青春的快乐。

"呵呵!你是校长的女儿,可是却那么懒,成绩又那么差,全校的人都认识你的好吧。"男孩儿一边说着一边又开始了运球的动作,虽然他的话全是讽刺简澜的,但是他的动作如此的帅气,竟然让她忘记了生气。

"哇哇!你真是太厉害了!"简澜兴奋地跳了起来。

"接着!"

还没等着简澜反应过来球就被扔了过来。简澜本来想着

I wait
for you
in my youth

来个漂亮的跳跃然后接起篮球,可是,想象总是太过于美丽,而现实总是很残酷。

"啪!"的一声,简澜被迎面而来的球砸了个四仰八叉。

男孩儿呵呵呵地笑了起来,上前一把拉起了一脸"囧"样儿的简澜,看着她那灰蒙蒙的小脸儿,笑弯了腰。

"笑什么笑啊?没见过美少女跌倒吗?"简澜仰起头,撅着小嘴巴,一副凶巴巴的样子,其实心里已经被他笑得软绵绵的了,因为他笑起来的样子太帅气了。

"时间不早了,我得去教室看书了!"男孩儿捡起球用一根手指转着,扬了扬眉道,嘴角噙着淡淡的笑意,说完,转身就要离开。

"哎?你别走啊!我还不知道你叫什么名字呢?"简澜跑上前去挡在了他的面前,歪着头期盼道。

"干吗要知道我叫什么名字?"男孩儿乐呵呵地看着她,细长的眼睛弯弯的甚是好看。

"因为你知道我叫什么名字。如果我不知道你的名字,那岂不是很不公平吗?"简澜撅着嘴巴,一板一眼地说。他那俊逸的脸庞映照在她瞳孔里,让她有种想要抓住他的冲动。

"呵呵!"男孩儿笑着没有搭腔,小跑着拍着球离开了。

简澜站在原地看着那个白色的影子,心念微动……

我在
青春里
等你

2

"我有那么差劲吗？爸爸！我很给你丢人吗？怎么全校的人都知道你有我这么一个不争气的女儿？"简澜吃着早餐，想起了那个男孩儿说的话，于是抬起头来很认真地看着父亲。

"哎呦？闺女啊！你这是突然之间良心发现了？你看我跟你妈妈怎么也都是高级知识分子，可是你这懒惰劲儿……"简之明听到女儿的话，仿佛看见了希望的曙光，双目闪闪发光地看向简澜，就好像在看一颗璞玉突然发光了一般，甚至于简澜在他的眼里似乎看见了莹莹的泪光。

"哎呀，爹！你这小眼儿再怎么瞪也跟睡着了一样，别瞪了！我要早点去教室晨读了！从今天开始，我简澜发誓，一定会认真学习，帮你洗刷耻辱！让你能为了我这个女儿而骄傲！"

简澜吞下嘴里的油条，抱起书包一溜烟儿地跑得没有了踪迹，留下还依旧拿着筷子的简之明老泪纵横。

"孩她妈！咱们家的祖上终于显灵了！我就说咱们简澜平日里就是装糊涂，她要是肯奋进，一定能跻身前列！"

"行了行了你们两个！我看都去老刘那里去查查体温，看

I wait
for you
in my youth

看发不发烧吧！"白清琳帮简澜收拾好了房间,走出来,无奈地笑道。

从那天开始,简澜便开始了认真学习、努力奋进的生活。后来她稍微打听了一下,就知道了他的名字——刘懿枫。平日里她太懒了,不光是学习懒,更是懒得和同学们交流,所以才会连这个学校的风云人物都不知道。

刘懿枫不仅品学兼优,还是学校篮球队的队长,是全校女生心目中的偶像。

简澜在心里面暗自下定决心,一定要做到和他一样优秀。简澜原本就不笨,这下再加上努力,所以眼见着她的成绩进步神速。

简澜每天早晨都拿着英语课本去操场,先看刘懿枫打球,待他走后,她便独自在操场上背英语单词,她觉得一定要让刘懿枫看到自己不是一个小懒猪,自己是一个骄傲的凤凰般的人物。

有的时候,她也会和他一起打,时间长了她的球技也提高了不少。

每天晚上,简澜都会记日记,把自己每天或美好或忧伤的心情记在自己的日记本上，他就这么美好地存在她的心中,伴着她度过每一天。

她觉得自己快乐极了,她觉得他离自己很近很近,就在自己的心里,就在自己的生活里,就在自己的身边。

转眼间高考就要到了。

她假装开玩笑地看着他问道:"你要考哪所大学呢?"

他坐在篮球框下面,一边搬弄球,一边说道:"A大!"

"哇哦!好厉害的学府!"简澜在心里面倒吸了一口凉气,她真的很后悔自己竟然荒废了那么长时间的学业,但是,无论怎么样,她也要考A大,她暗自告诉自己一定要和他考同一所大学。

"你要考哪里的呢?"刘懿枫转过头来看向简澜,嘴角含笑。

"我啊……我还没想好呢!以我的成绩,能考上就不错了!"简澜深深地看向刘懿枫,仿佛此刻整个世间就只有他在自己的面前。

"小家伙,别灰心!加油!"

刘懿枫被她看得有些不自然,站起身来,一个纵身,来了个帅气的灌篮。

"什么小家伙?人家和你一样大好不好?"简澜不高兴地嘟着嘴,看着在那里运球、打球的刘懿枫闷闷不乐。

此时的刘懿枫已经看出来了,这个女孩儿的眼里、心里全是他,可是他知道,自己不可能给她任何的许诺。

日子过得劳累而轻快,到了最后的冲刺阶段,简澜基本

I wait
for you
in my youth

上每天只睡几个小时的觉,她觉得自己的身子和大脑也很给力,似乎这些年来那些闲逸的能量都集中到了现在。

简之明和白清琳还专门回老家去祖坟上拜了拜,因为他们实在不知道这孩子这么大的学习冲劲到底是哪里来的。

除了早上的时间之外,她吃饭的时候在学习,走路的时候在学习,甚至在做梦的时候也是和刘懿枫一起学习。

老师们也被震惊了,因为她学习的悟性和态度真的让他们大跌眼镜,这个一直在班里拖后腿的女孩儿,竟然一时间在各个科目的模拟考试中都名列前茅。

高考成绩出来后,整个F中都震惊了。

F中的本科录取率非常高,但是考上A大这样的高等学府对于这个县城的学校来说依然是最近十年来的特大新闻。F中在今年有两名学生考中了A大,一个是刘懿枫,另一个则让所有的人都唏嘘不已,那就是简澜。

当收到A大的录取通知书的时候,简之明差一点晕倒,他狠狠地扇了自己两巴掌才相信这不是一个梦,而简澜则不见了踪影。

她去找刘懿枫了!她要告诉他自己和他考上了一样的大学;她要告诉他,自己喜欢他;她要告诉她,自己爱他;她要告诉他,她想和他在一起;她要告诉他,她想和他生生世世在一起。

我在
青春里
等你

在去村镇的出租车上,简澜的脸红到了脖子根,一想到自己一会儿就要向刘懿枫表白,心里就仿佛有很多很多的小鹿在跳,她想到自己和他相遇后,自己改变的种种,觉得自己和他这一生应该就是一种躲不掉的爱恋。

3

下了车子后,简澜一路小跑着向刘懿枫家的方向走去。这条路,她偷偷地跟着他走了那么多次,他从来不知道。这次,她打算将自己全部的思念、全部的爱意、全部的全部都告诉他。

她仿佛看到了她和他那美好的未来。然而,想象总是想象,现实就是现实。成绩可以通过努力得来,感情却从来不是只要努力就可以的。就在她跑到他家门前的那一刻,她看到,他正在和一个高高瘦瘦的漂亮女孩儿一起手拉着手迎面走来。

只见他一脸宠溺地看着身边的女孩儿,嘴角含笑地说着什么,他的眼里、嘴角、心里全是爱意,就像她看着他时

I wait
for you
in my youth

的样子。

她的心咯噔一下,仿佛世界此刻全都安静了下来,她感受得到自己全身的颤栗,她的手心微微地冒汗,她觉得冷,又觉得热,她觉得想逃掉,又在心里面大声地告诉自己:"简澜!那个女孩儿肯定不是他女朋友!"

她就那样神色复杂地看着迎面而来的刘懿枫和高个儿女孩。

刘懿枫只是专注地在和女孩儿说笑,并没有看到简澜,对于他来说,或许整个世界都不存在,包括简澜,唯一存在的就是眼前的这个女孩儿。直到到了面前,刘懿枫才看到满头大汗的简澜面如死灰地看着自己和高洋。

"简澜?你怎么在这里?"

刘懿枫的脸上洋溢着惊讶,很长时间没有见到简澜了,他一点都没有想到这时会遇到她。

"你就是简澜啊?阿枫时常跟我提起你呢!"

女孩儿一副正室范儿宽容大度的样子看着简澜,女孩儿的心最为敏感,她怎么会看不清简澜那一双爱意明朗的双目呢?

"刘懿枫……这位是?"

简澜的心里面还存在着最后一丝念想,她在心里面安慰自己,这个女孩儿是他的姐姐或者妹妹,或者只是朋友什

我在
青春里
等你

么的。

"哦,介绍一下,这位是我的女朋友高洋,她在A大上大二!"

直到很多年以后,简澜还是记不清在刘懿枫介绍完高洋的身份后发生了什么事情,包括自己是怎么反应,自己是怎么回家的,甚至自己是怎么发烧烧了大半个月的。

病来如山倒,她昏昏沉沉地睡了大半个月,醒来时恍如隔世。看着为了自己的病憔悴得不成样子的父母,简澜的眼泪夺眶而出,仿佛要把所有的辛酸和爱恋都流尽。

开学后,她和他还有高洋成了校友。简澜到了学校后又恢复了懒懒的样子,只不过她患上了失眠症,不再迷恋睡觉了。除了喜欢的课去上,她哪也不去,就在宿舍里面啃书,白天黑夜,黑夜白天,除非饿得不行了,她才宛若游魂一般地去食堂买饭。

刘懿枫和高洋都是学校里面的风云人物,他们的爱情在学校里被所有的人津津乐道。而她一听到关于他们的消息,她的心就疼得失去知觉。

这么长时间了,她总是忘不掉他,其实,她是不愿意去忘记,不想去忘记。

寒假的一天,室友们都已经回家了,她懒得回家,在学校里备考同声传译,啃书啃到晚上十点半,她实在是饿了,于是

I wait
for you
in my youth

穿着睡衣的她，只在外面披了件棉衣就往食堂里赶，没想到一进食堂就看到了刘懿枫和高洋面对面坐着吃宵夜。身为校广播站站长的高洋更加漂亮了，宛若电视上的明星一般靓丽。

简澜低头看了看自己一身邋遢的打扮，一想到自己的头发好几天都没有梳，转过身就要走。

"简澜？你还没有吃饭吗？过来一起吃吧！"正巧抬头的高洋看到了她，便兴高采烈地跑过来拉着她往食堂里面走。

简澜的心里面有十万个想要逃跑的欲念，然而却经不住她的拉扯。她拘谨地坐在高洋的旁边，怯怯地扶了扶遮了大半张脸的眼镜，抬眼看向刘懿枫。

心依旧狂跳，却被拉扯得生疼，忍着心底的泪，她嘴角含笑道："好久不见啊！"

"吃点什么？"刘懿枫礼貌而客气地问道。

"炒饼。"简澜故作淡定。

"你怎么这么晚还没有吃饭？"刘懿枫流露出一点关心，但却仅仅是朋友间的。

"看书看忘了。"简澜简洁地回答。她不敢多说，她怕说多了会被对方看出她是在假装微笑。

炒饼上来了，简澜低头狠狠地扒着盘子里的炒饼，直到吃得噎到，疯狂地咳嗽不止。待刘懿枫和高洋将她送回住处，

我在
青春里
等你

她在走进宿舍的那一瞬,泪水终于止不住地磅礴而下。她就那样蹲在地上大声地哭了起来,哭得昏天暗地,地动山摇,吓得舍友手足无措。

4

毕业后的简澜没有回家乡,也没有留在A大所在的城市,她去了一座新城市,打算抛弃过去的一切,开始自己的新生活。

每天,她都比别人早半个小时上班,制定一天的工作计划。因此,她每天早上等电梯的时候,都会遇到一个男孩儿。那个男孩削瘦而高挑,眼睛细细长长,经常穿一件白衬衣,一副安静美男子的模样。

她第一次在电梯里见到这个男孩儿的时候就觉得有一种莫名的熟悉感,而男孩儿也总是静静地看着她,久而久之,爱情的到来仿佛就是水到渠成的事情,而她却在他们要谈婚论嫁的时刻逃离了。

她换了座城市,在这里她没有一来就找工作,而是每日沉

I wait
for you
in my youth

溺于散步、做瑜伽、偶尔写写稿子的日子。在她散步的那段路程里,她经常路过一处篮球场,篮球场上经常有一个穿着红色队服的男子在打篮球。她经常坐下来静静地看着,仿佛看着自己的整个青葱岁月,经常看着看着就会泪流满面。

男子是个很阳光、很帅气、很爱笑的男人,他很快便注意到了这个爱哭鼻子的女人。久而久之,他们很自然地发展到了接吻的阶段,然而当他想要进一步的行动的时候,她拒绝了。他问她,是不是不爱他?她答不出来,因为她自己也不知道自己到底爱不爱这个男人。甚至,或许,她此刻都不知道自己的心在哪里。

她受不了他的死缠烂打,受不了他每天那关于爱与不爱的询问,很快又逃离了这座城市。

面对她总是无疾而终的爱情,父母在电话里面着急地训斥她,她也不过多地解释,每次只是静静地流泪,因为她也不知道到底是怎么回事。仿佛好似每段感情开始的时候,她在心里却总是希望结局不要那么早地到来……

这次她来到了T市,觉得这里四季宜人,每天都像是那个多年前四月的清晨,她决定在这里定居。

都说有一技之长的人走到哪里都不怕没饭吃,更别说她这拥有着多项技能的人。

她很快在这个城市里面安定了下来,买了个大房子,自

我在
青春里
等你

己装修得漂漂亮亮的,一个人过得倒也自在。

　　爱情很快便再次降临,和她一起工作的同事中,有一个名叫唐家祥的对她很是照顾,他的那种照顾是细微的、细心的、细致的。无论她遇到什么样的问题,他总是会第一时间帮她解决,无论是生活上还是工作上,他总是对她关照有加。

　　那夜她赶一个企划赶到了深夜,一出公司大门她看着周围夜深人静的样子就觉得害怕,远在他乡的独有的空虚和寂寞毫无防备地袭来,她的眼眶里立即盈满了泪水。然而就在此刻,唐家祥出现在了她的面前,细细长长的眼睛里是满满的温柔。一杯热乎乎的奶茶轻轻地放在了她的手心,那一刻,她看着他的眼睛,心慢慢地暖了起来。

　　只是,这样的爱情却让她很受虐,因为她听别的同事说在她来之前,唐家祥便早已订下了婚约。

　　她小心翼翼地接受着他的关心,却一边痛苦地告诉自己这是在窃取应该属于别的女人的温暖,她觉得自己就是一个盗贼一般的小心地躲藏着。明知不应该,却又忍不住地想念他。她将他的联系方式删了存、存了删地折腾个不停。

　　她很想决然地离开,再去下一个城市,就像之前那样,用离开来逃避一切,

　　这一天,她从出租车上下来,风吹过简澜那飞扬的长发,细长的眉微微蹙紧,干净的脸庞上笼罩着纠结的神情,她匆

I wait
for you
in my youth

匆地走过小区的小广场,想要尽快地赶到自己的小窝。因为今天唐家祥来她的办公室找她,说要她当他的女朋友,说他会解除婚约,她不知道怎么回答他,惊慌失措地从办公室里逃了出来……

"简澜!"一道清冽而略带欣喜的声音传来,简澜诧异地转过头。

刘懿枫俊逸的脸庞就那么猝不及防地出现在简澜的视野里,他的嘴角微微上扬,面容比先前更多了些沉稳,虽然不似年轻时候的帅气逼人,但反而更平添了许多的魅力。

"你也在这个城市?你也住在这个小区?"刘懿枫见简澜一直在发愣,便率先问道。

"呃……刚搬过来的!你住在这里啊?"简澜有些局促地说道,心情复杂到极点。

"是啊!"

"爸爸!爸爸!你看我的小车车不走了!"这个时候,一个穿着粉色连衣裙的小女孩儿拉着刘懿枫的衣角一脸委屈地看着他,泫然欲泣的样子我见犹怜。

"这是你的孩子吗?"简澜的心里有一些酸楚,但是脸上却是挂着云淡风轻的笑容。

"夏夏,叫阿姨!"刘懿枫低头温柔地对正和自己撒娇的小女孩儿说道。但是,小女孩儿仿佛没有听到一般,只是拉着

我在
青春里
等你

　　刘懿枫的衣角"爸爸爸爸"地叫着,一只小手还指向那边的小车子。

　　"你的宝宝真可爱!你快帮她修小车吧。我……我要回家了!"简澜冲着刘懿枫和小女孩笑了笑便逃也似的离开了。她走到一个转角处,停下来,躲在角落里仿佛在学校的时候一般静静地看着他,猛然发现,自己刚才烦恼的问题是多么的可笑。

　　再次遇到他,她才发现,她喜欢上的所有的男人都只有一个特点,那就是有着和他一样的眉眼、一样的笑容,有着和他相似的脸庞、相似的身影……她慢慢地回忆:第一座城市里遇到的白衣男孩儿长得像他;第二座城市遇到的那个男人笑得像他;再后来自己爱上唐家祥也是因为那细细弯弯的眼睛竟然和刘懿枫那么得相似。

　　原来,自己一直都没能逃掉对他的爱恋。曾经一度认为自己已经完全坚强到再也不会想他,却突然发现,自己一直都活在他的影子下,一直都在找着他的影子。她看着远处他假装坐在自己女儿的小车上,两条腿当车轮慢慢地支撑着小车跑的样子,温暖地笑了。

　　一切都释怀了,当下,她便决定回家乡,离开这里,离开那所谓的"真爱"。她想,她也许会找个老老实实的好人生个孩子,也会和他一样温暖地生活下去。

I wait
for you
in my youth

  四月的天气清新而舒适,屋外桃花盛开,万物复苏,到处都洋溢着恋爱的气息,一切都是最为美好的样子。她抬头看着周围的鸟语花香,心慢慢地舒展开了,嘴角的笑意宛若桃花般绽放开来……
  很久很久以后,在一个鸟语花香的早晨,她在父母学校的篮球场遛弯,邂逅到一个高高瘦瘦、眉眼弯弯、笑容灿烂的新来的外语老师,最终拥有了一份"善终"的爱情。

我在
青春里
等你

被风吹过的夏天

1. 蓝色的夏天

风吹过夏天,带着夏日的清香,犹如那如诗如画的记忆,停留在淡蓝色的底片里面,随着生命的节奏舞动,永不褪色。

在栀子花开的年纪里,我们不知道怎么表达内心的那份喜欢,不知道怎么处理内心的那份希翼,只是,欢笑过、快乐过、哭泣过、决绝过,时光清浅地让风带走那夏日的心情,雨水打湿那青春无悔的脸颊,在生命的风景里面那个夏天的记忆被风吹过,定格在了那带着夏风香气的瞬间。

阿蓝第一次见到沈一凡和沈一凡第一次见到阿蓝的时候,双目碰触的瞬间,仿佛电光火石一般足足对视了大约一分钟。

或许这个世界上真的有那么两个人,相互对望的瞬间就

I wait
for you
in my youth

会被对方深深地吸引,仿佛一眼就能惊醒身上所有的感觉。

阿蓝觉得这个男孩子长得秀气极了,他那白皙的脸庞仿佛是刚从雨幕里走出来一般,很多年后,她想起他的时候依旧觉得他帅气文雅到了极致。

他的身上有着浓浓的书卷气息,却没有书生的迂腐之气,他的打扮非常潮流入时却又不落俗套。

她深深地被他吸引了,而同样的她感觉得到这个男孩儿对自己的关注,因为只要遇到他,他也总是会静静地看着阿蓝。

第一次和他正式说话,是广播站要念她写的稿子。她去广播站里面玩,广播里面正在放她最喜欢的《被风吹过的夏天》。

阿蓝穿着白色的连衣裙,淡蓝色的帆布鞋,长长的秀发轻拢在脑后,清清爽爽的脸庞中有一种自然的纯净美,她跟着广播的歌声轻声哼唱着走进了广播站的外间大厅。

一走进去就发现沈一凡正坐在一个椅子上看稿子。他今天穿了件洁白的衬衣,搭配着淡蓝色的牛仔裤,蓝色球鞋,头发用发蜡做了个高高的造型,鼻梁上配了个黑框眼镜,看起来帅气无比。

沈一凡在听到有人进来后便抬起了头,看到是阿蓝后脸上露出了快乐的笑容,那笑容宛若夏日的阳光,让阿蓝觉得耀眼明亮。

"吴宸读的稿子是你写的吗？文笔很优美！配着这首歌感觉真的很棒！"沈一凡站起来嘴角含笑地看着阿蓝说道。

"谢谢！"阿蓝羞涩地看着沈一凡，美丽的脸庞上扯起了一道轻柔的笑意。

两个人就这么有一搭没一搭地说起话来，沈一凡和阿蓝说话的时候总是很认真地看着阿蓝，看得阿蓝有些拘谨。但阿蓝并没有回避，她轻轻地笑着听着他说。他的声音带着南方人特有的那种语调，特别好听。

记得有个算命先生告诉阿蓝的母亲，说阿蓝以后会嫁到南方去。她抬起眼眸看着眼前的他，忽然在心里打了问号。

"难道我是跟着他去了南方？难道他就是我命定的那个男人？"

2.还是好朋友

"你们两个人今天穿得怎么跟情侣装似的？"播完音的吴宸走了出来看到他们开玩笑道。

I wait
for you
in my youth

"确实穿得比较默契!"沈一凡深深地看了阿蓝一眼,微微笑道。

阿蓝有些尴尬地看着吴宸,慌忙转移话题:"今天选的歌很不错啊,我很喜欢听呢!"

"凡凡说和你的稿子很配,我们特意放给你听的!"吴宸冲着沈一凡挤眉弄眼的一阵笑,阿蓝却拘谨得不知道该说什么,脸也红到了脖子根。从那天后,沈一凡经常去找阿蓝聊天。

他是一个很阳光的男孩子,爱好广泛,喜欢摄影、喜欢音乐、喜欢唱歌、喜欢写东西、喜欢打篮球、喜欢美女、喜欢看电影。

阿蓝被他深深地吸引,他也有事儿没事儿地过来找她玩。

他会将她吃剩下的菜吃完,他会带着自己的CD给她听并细心地将耳机塞到她的耳朵里,然后趴在桌子上静静地看着她。

她越来越无法自拔地喜欢他,但是,他却从来都没有和自己表示过什么。

阿蓝不知道自己和他这样的关系是什么,友情之上,恋人未满?这种属于自己又不属于自己的心情,就像王心凌的《还是好朋友》里唱的那样让她很痛苦。

简单的阿蓝不喜欢这种若即若离的感觉,她觉得真正喜欢的两个人是应该在一起的,而不是现在的这种状态。

于是阿蓝决心给他发信息,向他表白,希望他能做自己的男朋友。阿蓝本来以为,他肯定会答应她的表白,从今后两个人就可以顺顺利利地在一起了。

可是,没想到的是,沈一凡回复的信息却只是将她当成自己的好朋友而已,并没有那种当女朋友的想法。

阿蓝看到他的回信的时候,瞬间呆住了。她原本以为他是喜欢自己的,她原本以为他也是将自己列为女朋友的,她原本以为他和她是自然而然会在一起的,但是现在,她没有想到竟然是这么个结果。

那他为什么对自己那么好呢?

阿蓝想不明白,那些美好的感觉、那么温暖的关心难道都是假的吗?她躺在床上昏天暗地地睡了三天三夜。

她不明白,她明明从他的眼睛里看得出他对自己的喜欢和爱意,难道一切都只是自己的自作多情?

朋友们看她自暴自弃的样子很是惋惜,怕她想不开,给她买了一堆禅学的、老子的书,扔到了她的床上。

她便过起了深居简出的生活,一周的时间就躲在宿舍里研究禅学、研究老子,甚至吃起了素。

舍友们每次看她夹着几根青菜凝神看书的样子,都有些害怕,怕她会不会就此遁入空门?

I wait
for you
in my youth

就在舍友们、朋友们聚在宿舍的一边准备怎么将她从这"四大皆空"的境界里拉出来的时候,她竟然宛若开悟了一般跳下了床。

"同志们,姐姐请你们去吃麻辣烫啊?"

说完便开始换衣服,梳洗打扮,剩下了一群姐妹们在那里目瞪口呆地看着她。

那天一群人坐满了一个长长的大桌子,朋友们看着狼吞虎咽的阿蓝还是有些担心,怕她是回光返照,大吃大喝一顿后就会四大皆空立地成佛。

真是无巧不成书,就在阿蓝吃得不亦乐乎的时刻,沈一凡、吴宸还有几个男生也一起过来吃宵夜。女士们开始狠狠地瞄着沈一凡,那恶毒的眼神足以将沈一凡给杀死。显然,吴宸根本就不知道沈一凡和阿蓝之间的事情,看到阿蓝她们在这儿还领着众弟兄过来拼桌。

女士们开始默默地摩拳擦掌。

"阿蓝,你们也在这里啊!我们一起吃吧!"吴宸乐呵呵地挤着坐在了阿蓝的身边。

众人倒吸了一口凉气,她们甚至看得到沈一凡脸上的绝望。

"好啊!一起挤挤更好!正好我们都不用付账了!"阿蓝乐呵呵地看着吴宸,抬眼看向沈一凡和他身边的几个弟兄,

我在
青春里
等你

云淡风轻的仿佛什么事情都没有发生一般。

刚才还想着大打出手的众姐妹此刻面面相觑地看着,真的不知道这小丫头的淡定是从何而来的,难道真的是开悟了?

一顿饭吃得非常开心,阿蓝依旧得体地照顾着每一个人的感受,仿佛那昏天暗地的一周根本就没有在她的身上发生一般。

回到宿舍,众姐妹终于忍不住问她:"你不伤心了?不难过了?不痛苦了?不纠结了?"

"无常!我在《老子》这本书上看到这个词语后就释然了!既然在这个世界上唯一不变的就是变,他可能上一秒还喜欢我,可能这一秒就不喜欢我了,既然这是世间的规律,我为什么要纠结呢?"阿蓝云淡风轻地向姐妹们解释着,但是姐妹们依旧从她的眸子里能够看到点点的忧伤。

I wait
for you
in my youth

3.寂寞沉淀

阿蓝仿佛真的放下了沈一凡一般,开始认真地打扮着自己,她换了个波浪大卷,搭配着素色印花裙,踩上了淡蓝色的高跟鞋,美得不成样子。

更多的男孩儿开始追求她,给她写情书,送她花花草草还有小狗小猫。可是,阿蓝看起来是那种温柔贤惠的女孩儿,实际上根本就没有任何的耐性,那些花花草草没几天就一副快要死了的样子,小狗小猫更是让她烦得不行。

她将这些东西都原封不动地退了回去,然后郑重地警告男孩们,谁再送她花花草草和小狗小猫,就是诚心让她残害生灵,她将会一辈子将他们拉入黑名单。

日子过得倒也热闹,虽然有很多的男生追求,但阿蓝仿佛将自己的心门给关上了,除了学习、写稿子就是看禅学的书,对那些追求都视若无睹。

周末的晚上,一宿舍的单身姐妹买了电锅、蔬菜调料、方便面开始在屋子里面吃涮锅。

静姐拿出山西陈醋洒在调料里面,这是107宿舍的独特口味,也不知道这宿舍人员是怎么分的,她们107宿舍的每个

我在
青春里
等你

人都爱吃醋,她们吃什么都放醋。蛋炒饭里面要放醋、炒饼里面要放醋、水饺里面要放醋、面条里面要放醋,但凡是吃的,一切都要配着醋吃。

一群女人正吃得不亦乐乎,阿蓝的手机铃声响了。

"蓝色的思念,忽然演变成了阳光的夏天,空气中的温暖不会更遥远,冬天已仿佛不再留恋……"

"绿色的思念,回首对我说一声四季不变,不过一季的时间又再回到从前,那个,被风吹过的夏天……"

"是谁啊,这么讨厌,非在吃得最爽的时候打电话,不接不接!"阿蓝嘟嘟囔囔地夹了一筷子菜塞进了嘴里。

"阿蓝啊,你也该换铃声了吧?这都秋天了,秋雨都下了好几拨儿了,还蓝色的夏天呢!"室友们叽叽喳喳地在她耳边叫个不停。

"好好好!我现在就把这倒霉铃声给换了行不行?"阿蓝也觉得自己该换个铃声,转移一下目标了,她决定今晚就换。

阿蓝拿过自己的手机,看到一个未接电话和一个短信。

"不是吧?!"阿蓝一边看手机,一边大声地惊叹道。

"怎么了?不就是换个铃声吗?至于吗?你现在见了沈一凡不是没什么事儿了吗?"一群女人又在那里七嘴八舌。

"姐妹们,今儿个不是愚人节吧?"阿蓝深深地吸了一口气,脸上露出一种奇怪的笑容,浑身竟然还颤抖起来。

I wait
for you
in my youth

"怎么个意思啊?"静姐抢过阿蓝的手机,才发现是沈一凡发的信息。

"是沈一凡的信息,沈一凡说要和我们阿蓝试着谈谈!但是,却不让公开!"

"不行!不行!阿蓝已经放下了,不可以再答应他!"一桌子的女汉子开始义愤填膺地拍桌子骂沈一凡。

只有阿蓝静静地站在那里,脸上带着深深的笑容。

"阿蓝,你不会真的想答应吧?"欧阳恨铁不成钢地看着阿蓝。

"阿蓝,你别傻了,一个男孩儿如果真的喜欢你,我觉得不是这个样子的!虽然我们没谈过恋爱,但是,我们就是觉得你的爱情不应该是这个样子的!"静姐也恨铁不成钢地看着她。

"可是,我想试试,虽然我觉得自己放下了,可我还是喜欢他啊,我可以不纠结,但是我对他的那份喜欢还在心底,所以我想试试!"

"阿蓝啊,我看你是遇到渣男了!如果真的喜欢你,怕你被人抢走还来不及,怎么还会不公开呢?"吃货真真此时才放下手里的筷子,语重心长地说道。

真真的话道出了每个人的心声,她们都默默地看着阿蓝等着她下最后的决定,仿佛在等她下最后的通牒,仿佛在等她宣布下一刻的生死存亡。

"同志们,无论结局会怎样,无论会不会受到伤害,无论他到底存的是什么样的心情,我都要试一试,不然我会不死心!"

阿蓝下了最后的通牒,一桌子的女人开始鬼哭狼嚎起来,但是她们知道,她做的决定,任谁都改变不了。

4.留在冬天

阿蓝果真和他谈了一场不公开的恋爱。而这个恋爱的时间也真是短得可怜,歌词里唱着四季不变,可是他们的爱恋连一季都没有撑过。

如果让阿蓝重新选择,她或许真的不会再和他表白,真的不会再和他谈这场恋爱。如果不是她表白,或许两个人还会和以前一样做好朋友,可是,恋爱后的两个人真的就回不去了。

和他恋爱后,沈一凡的殷勤不见了,他对自己变得异常地冷漠。他们一周、半个月都见不了一面。甚至,阿蓝给他发

I wait
for you
in my youth

信息,他也不回,阿蓝给他打电话他也不接。

阿蓝不知道哪里错了,她开始怀疑自己,是不是真的很失败。

一个人时不寂寞,想一个人的时候才寂寞。恋爱后的阿蓝变得非常不开心,非常寂寞。

原本开心快乐如同夏日阳光的阿蓝不见了,取而代之的是一个整日愁眉苦脸、泪水满面的小怨妇。

朋友们很为她打抱不平,追她的人很多,她完全不用如此委屈求全。而她却总是摇摇头说:"我忍着,直到忍到不能忍了我就会放弃!无论如何,至少我不后悔了!"

终于阿蓝忍受不了他莫名其妙的冷漠而在短信上跟他提出分手,那天她坐在书桌前,屋外飘着冬天的初雪,雪片花瓣般地飘落,洋洋洒洒,一如她那满心的沉重。

她静静地坐在那里看着手机发呆,短信写了又删,删了又写,室友们气得真想把她拉起来暴打一顿,却终于忍住。

"你们说我这是叫谈恋爱吗?谈了两个月,却见他不到五次,连一周的时间都不到,我们这算是什么呢?"阿蓝的声音有些嘶哑,说话的时候身子有些发抖。

"其实,我真的好后悔,如果不是我提出来和他交往,或许我们的那种友谊还会存在很长时间吧?"她又在那里自言自语,语气微弱,而后便发出了分手短信。

我在
青春里
等你

如她所料,他很快就回复了同意分手的短信,仿佛没有半点的犹豫。阿蓝将手机扔进了垃圾桶里,哭得昏天暗地。她哭她这些天日日夜夜的期盼和希望,和那逝去的感情。

这件事情后,阿蓝又开始认真地打扮自己,认真地修炼自己,认真地过好每一天,只是每次在路上碰到沈一凡,她都会将头狠狠地甩向一边,她真的无法面对这个男人,或者说如果可以,她真的一辈子都不想再见到这个男人。

日子渐渐消逝,有一天沈一凡和一个女生聊天,这个女生是阿蓝和他共同的朋友。他默默地点燃了一根烟,看着烟圈旋旋转转地飘着,默默地说道:"以前阿蓝看见我,总是很决绝、很厌恶、很痛恨的样子,可是现在,她看到我的时候,仿佛根本就没有见到我,我跟她打招呼,她也是很有礼貌地笑呵呵地说笑,真的是很不习惯!"

"这说明她已经原谅你了,我想你应该高兴点了吧?都三年了,她也该原谅你了!"女生微微笑道。

"可是,我的心里很难过,仿佛丢了什么东西一般地难过!其实,我也喜欢过她,我只是不知道怎么去处理和那么耀眼的她近距离的接触,都怪我们那个时候太小吧!不懂得什么是喜欢,什么是爱,更不懂得怎么去处理这段喜欢和这段爱。现在看到她走出了我带给她的困扰,看到她的眸子里面再也没有我,心里也会有一些低落……"

I wait
for you
in my youth

  沈一凡说完,便渐渐地走向了那个雨幕里,就仿佛是阿蓝第一次见到他宛若从雨幕里走来的样子……

  缘分如风,当它到身边的时候,你得可劲儿地珍惜,因为,你永远都不知道,下一刻那份珍贵的喜欢还是否属于你。

  我喜欢你,你喜欢我,你未婚我又未嫁,本该是多么美好的事情,却因为种种自身原因错过……从此那个美丽的季节将再也不属于你。

我在
青春里
等你

暗恋是一个人的天长地久

有的时候,那个人存在心底很久很久,我们在心里和那个人每天都经历着各种的悲欢离合,而唯独和真实存在的他没有任何的关系。

小竹就这样将陈宸放在自己的心里八年,八年,就算是陈酒也该酿成醇香的佳酿了。在这八年里,小竹真心觉得自己每天都和陈宸在一起,他就那样鲜活地生活在她的心里面,陪她经历过高中的枯燥,陪她一起度过大学时期的辗转难眠。

然而,虽然她认定陈宸这辈子就是她的人,可是,仿佛却和真实的陈宸没有什么关系。因为从高中到大学毕业的八年间,他们在一起说过的话加起来也不过几十句。

虽然这两个人在大学里面谁都没有恋爱,但是两个人也没有能够走到一起。而且还是在女方司马昭之心路人皆知的情况下,这简直就是一个奇葩事情。倒也从另一方面说明陈

I wait
for you
in my youth

宸确实是一个不折不扣的正人君子。不然，单纯得比白纸还白的小竹，肯定被吊死。

小竹有着南方女孩儿特有的清秀美丽，仿佛是从古代画里面走出来的一般，清新又别有味道。一进大学就有很多人追，但是，不耐烦的她很快就对所有追求她的众人宣告："你们谁也不要追我，我的心里面只有物理系的陈宸！"害得陈宸三天两头地遇到要求跟他单挑的男生。

这样的事情多了，陈宸将小竹视为扫把星，只要远远地见到小竹，就绕路走。这边小竹还脸红心跳地思考着怎么跟他打招呼呢，而那边他却早就已经消失得无影无踪了。如此，即便是在一个大学里面，不同系的他们见面的机会也是寥寥。而大学那么好的恋爱机会，小竹终究是在暗恋里面度过。

小竹会在他过生日的时候给他打电话，而那边的他总是很不耐烦。就算听到他厌恶的声音，小竹也总是耐着性子说完一大堆祝福的话语。待那边"哐啷"一声电话挂断后，小竹就会声嘶力竭地唱五月天的《听不到》："我的声音在笑，泪在飚，电话那边的人可知道！世界若是那么小，为何我的真心你听不到！你听不到！"唱着唱着她就会泪流满面，大多的时候，她是不甘心的。擦干眼泪后，就拿着自己给他买的生日礼物，去男宿舍门口给他打电话让他下来拿。

然而，每次出来的都是他的舍友，她见他一面就跟古代

我在
青春里
等你

冷宫里的妃子见皇帝一般,机会渺茫,她却还心存希翼。

给他送礼物,她干过一件很丢人的事情。那个时候,她看过余华的《活着》后很喜欢。后来余华又出了一本书《兄弟》,她正好逛书店,一看是余华的新书,想都没想,看也没看内容就买下来,托他的同学送给了他。

过几天后,他破天荒主动给她发信息问她:"内容你看过吗?"

小竹觉得如果说没看过丢人,于是按捺住兴奋的小心脏说道:"当然看过了,是不是很好看啊?"

那边很久才回信息说:"嗯!好看!"

小竹乐得在宿舍里不停地转圈圈。晚上洗漱完,打开电脑开始看《兄弟》,可是,看着最初的几章节内容,她"啪"地关上了电脑。

"这也太黄了吧?简直和黄书一样啊!我竟然买了一本这样的书给他看!还高兴地跟他说很好看!"

"我肯定是疯了!他肯定以为我是不正经的女人了!啊!"小竹疯狂地大叫了一个晚上。

待舍友们知道了事情的来龙去脉后,一群人笑得躺在床上起不来。

她就这样沉溺在自己的暗恋里,有时欢乐,有时悲伤,有时发疯。直到毕业,他们也没有在一起。

I wait
for you
in my youth

后来，他们选择了离开这个光怪陆离的大都市，回家乡发展。我们送她的时候都打趣她："你们两个不会成为相亲对象吧？"那时候的她一脸的憧憬。

回到家乡不久，小竹家里就出了一些事情。小竹陷入悲伤中无法自拔，而相隔甚远的我们除了默默地祈祷也别无他法。

有一天晚上，我接到了小竹的电话，她在电话那边声音不停地颤抖。

"怎么了小竹？"我本来就担心她想不开，此刻心更是提到了嗓子眼儿。

"陈宸托人来我家提亲了！"她那句话仿佛用尽了她所有的气力，我在电话的这边都能感受到她的无力。

"什么？"我的大脑一下子没有转过来。

"你再说一遍！小竹！"我浑身亢奋起来。

"陈宸托人来我家提亲了！"小竹一字一字地重复道。但是我能感觉到她全身的颤抖。

"你……你怎么回复的？"我此刻竟然也紧张得结巴。

"喧儿！我……我拒绝了！"

小竹颤抖的声音变成了低低的哭泣。

"为什么啊？你傻了吗小竹？和他在一起不是你八年来一直的梦想吗？"

我在
青春里
等你

我在电话这边着急了起来。

"喧喧,如果他真的喜欢我?为什么不跟我说一声?"

"或许,事实就是他根本就不知道这事儿!这些都是他的家人替他做的!"小竹在电话那边尽力让语气变得平稳道。

"小竹!这不是你现在要考虑的问题,问题是,你还爱着他对不对?"我在电话这边心急火燎。

"喧喧,你知道那种你满怀深情却总是得不到回应甚至得到的只是冷漠的感觉吗?你知道我有一次想当面向他表白,他用冷漠的眼神看着我是什么感觉吗?我的心本来是火热火热的,却在他一次次的冷漠中越来越冷、越来越冷,最后慢慢地变凉。八年来,我的心已经凉透了。虽然他还在我的心里,可是,这跟他仿佛没有什么关系了。"

"小竹!你冷静一点儿!你不要钻牛角尖好吗?你要知道,这是你的梦想啊!这是你八年来的梦想啊!"我在电话这边恨不得马上飞到她身边,给她一个大嘴巴子,把她打醒。在我看来,她这就是"作",好不容易梦寐以求的事情出现了,她却逃了,就如那年的自己。

"喧喧,其实,我心里不舒服的是,他之前不接受我,却在我们家出事后来提亲,我觉得他只是可怜我!我不需要可怜!我想要的是干干净净、单单纯纯的爱!这没错吧?"

小竹在那边继续一边哭一边说,说到底,她的心也很痛

I wait
for you
in my youth

很痛。"小竹！你别再矫情了好不好？无论他是怎样想的，你只要同意了，他就是你的了！你一定要抓住这个机会啊！"

我在电话这边着急得都开始锤墙了。

"喧喧，你不懂这种感觉！他在我的心里面是那么纯洁，那么的纯净，就算我意淫，我都不会拿他当对象，在我的眼里他是那么完美，完美到不可触碰，完美到不食人间烟火！"

"我不知道我怎么跟他过日子，我怕，我怕他看到我的肮脏，怕他看到我的丑陋，我更怕自己看到他的不完美！"小竹在那边声音越来越低，越来越低，最后没了声音。

"小竹！你是我见过的最懦弱的人！你能不活得那么矫情吗？想要的东西就去抢就去夺！活得那么较劲儿干什么啊？"我在电话这边大骂道。

"喧喧，就让他和我在心里地久天长吧！说到底，我爱的也是我心里的那个他，而不是现实中的他！就让我们彼此将美好的形象保存到底吧！别再劝我了……"说完，小竹不等我反应就挂了电话。

我却一腔怒气无处发泄，打电话给黑子，开车去附近的酒吧喝酒。喝了一晚上，我都没有想明白，为什么那么想要得到的东西，真的送到了你的嘴边了，你却不想要了。

"我说喧喧，这是人家小竹的选择，你较个什么劲儿啊？再说了，你不也一样吗？难道你当时拒绝我的时候，没想明

我在
青春里
等你

白？"黑子一脸黑线地看着我，阴森着脸庞。

我只是觉得她那个时候是那么地想要得到他，为什么会是这样的结局呢？也许就像我小时候，那么那么地喜欢黑子，可是现在却只是把他当成一个很特别的朋友。我本来以为他向我表白，我会很兴奋。我也的确很兴奋，但兴奋之余是恐惧，甚至恐惧比兴奋都多。

暗恋大多数的时候都是一个人的事，而暗恋的对象多是我们想象中的那个人，和真实的那个人是有一定的距离的。

虽然我在心里依旧爱着你，但是伤痕已经存在，你给的伤痕多了，就成了无法消除的痛点。更糟糕的是，后来的后来，仿佛一想到你就会觉得痛，所以，我们根本无法接受现实中的你。因为，心里的痛点提示着所有的伤痕，那遍体鳞伤的感觉会迅速地席卷全身。

爱依旧在，可是，已经深深地埋在了心底。或许，很久很久以后，我们会把它从心底拿出来，到太阳底下晾干，带着熨帖的味道。那时候所有的悲欢都可以被原谅，所有的离合都会有归宿，然而，却不是此时此刻。

原来，暗恋从来不是一件像你认为的轻松的小事儿，暗恋是一个人的地久天长，是一个人在心底演绎的天荒地老，然而却和真实的你永远保持着那一段无法逾越的距离。

I wait
for you
in my youth

天黑说爱你

　　静寂的夏日,安然抱着一杯咖啡坐在窗前,看着窗外的雨已经将路淋成了一条流淌的河流,整个城市安静了下来。

　　热热的咖啡慢慢地变凉,墙上的时钟在"滴答滴答"的慢慢悠悠地走着,她的心慢慢地变凉,他还是没有来,甚至连一个信息都没有。

　　"爱你是孤单的心事,不懂你微笑的意思,只像是一朵向日葵,在夜里默默地坚持……"手机响了,刚才还灰蒙蒙的脸庞一下子宛若阳光照耀般亮堂了起来,她快速地从桌子上面拿起自己的手机,却发现只是推销电话。

　　她颓然地低下头,脸上一片湿润。

　　好像从大学时期,他们确定恋爱关系伊始,在他们的关系中她就是那种等待的角色,因为他总是很忙。

　　毕业后,各自参加工作,他更忙了,忙着涨薪,忙着升迁,她就宛若一个被冷落在冷宫里的妃子,等待着他的垂怜。

我在
青春里
等你

　　看着同事们上班、下班都有男友接送,而自己一个月都见不到他几次,她也想过要放弃,可是,她舍不得他。

　　是她先看上他的,看上了他的高大、帅气、白净、有才气、有上进心,他仿佛没有任何的缺点,而唯一的缺点好像就是没有时间。

　　她每次跟他提起,他总是说,自己是在为了他们的未来而奋斗,让她等一等,等一等,她也就静静地等待着。

　　其实,她要的真的不是那么多,其实,她不用过什么锦衣玉食的生活,只要每天都能看到他,就算是粗茶淡饭也行。

　　然而,连这都成了奢望。

　　每个周末,她都希望他像别人家的男朋友那般,陪着自己在家里做做饭,看看电影,去吃一下麻辣烫,或者火锅,可是,这一切都是奢望。

　　"爱你是孤单的心事,多希望你对我诚实,一直爱着你,用我自己的方式!"手机铃声又响了,安然再次慌忙拿起了手机。

　　"然!我今天有个项目,还在外地,你不用等我了!我们下周再见面吧!"那边传来林动深沉好听的声音,然而她还没有听够,还没等她说话,那边的电话已经收线了。

　　"喂?喂喂?林动!"眼泪再次委屈地流淌在她白皙的小脸儿上了,她心里委屈得紧,却默默地告诉自己要坚持,坚持

I wait
for you
in my youth

到他再次加薪、再次升职就可以了。

她用双臂抱紧自己给自己取暖,温暖自己凉透了的心,她觉得她和他的爱情,宛若见不到光一般,仿佛只有在黑夜的时候,她才偶尔能看见他的脸,听见他对自己说爱!

这样的感觉,压得她透不过气来,她不懂这是为什么,明明都未婚嫁,爱却如此艰难,如同在黑夜里行走,而且越走仿佛黑夜越深,她也越看不清未来的路。

"哎!或许我不该如此苛求他吧?"安然擦干了眼泪,想到自己已经好几个月没去他租住的地方打扫卫生了,于是决定冒雨前去。

她打着一把淡蓝的伞,外面套了一件薄外套就走进了雨幕里。

他租住的地方离他上班的公司很近,本来,她想和他住在一起的,但是,他说那离她上班的地方太远了,所以给她另外租了一间屋子。

安然坐了五六站的公车终于来到了他所居住的小区。

外面的风很大,一把伞根本就遮不住她的全身,她大半的衣服都被淋透了,贴在身上,特别不舒服。

终于走上了他所住公寓的楼梯,一走上这个楼梯,她就觉得很兴奋,宛若呼吸到了他的气息,仿佛离他又近了一些。

走到四楼,她从手袋里拿出钥匙开始开门。可是,奇怪的

我在
青春里
等你

是怎么也开不开。

"请问你找谁啊？"这个时候,对门的邻居打开了门看了一眼安然说道,之前她见过安然,所以随即又说道,"你们不是搬走了吗？搬进来的新住户已经换了新锁了！"

"搬走了？林动搬走了吗？什么时候的事儿啊？"安然一下子愣在了原地,他搬走了为什么都不告诉自己一声呢？

"好几个月了吧？你不是他女朋友吗？怎么不知道呢？哦对了！你们分手了是吧？上次他搬家的时候,来的是另外一个女孩儿！"邻居又补充道。

"啊？"

听到这里,安然的心宛若被什么东西生生地拽住了一般,扯得生疼,她眼神空洞地看向邻居,双手紧紧地抓住了她。

"你告诉我,他搬到哪里去了？那个女孩儿是谁啊？"她的声音立即变得沙哑和尖锐了起来,邻居见她的表情奇怪,料想肯定是被男人抛弃了,自己还不知道,对她投以了怜悯的目光。

"我看他们搬家什么都没拿,就只是拿了些衣服,于是就问他们这是去哪里！我记得那个女孩儿非常高兴地说是什么海阳别墅区！"

I wait
for you
in my youth

安然颓然地坐在了地上,泪如雨下,可是,她又随即擦干了眼泪。

"不会的!不会的!林动不可能这么对我!一定是误会!一定是误会!"安然自言自语地往楼下走,一脚踩空,从楼梯上摔了下去。

"姑娘,你没事吧?"邻居忙从楼上走下来,将她扶起来,关心地问道。

"肯定是误会!肯定是误会!肯定是误会!"安然失魂落魄地从楼梯上爬了起来,不顾腿部的疼痛,踉跄地跑下楼,跑进了雨幕里。

她拦了一个的士,不顾司机那诧异的眼神,用尽全身力气说道:"海阳别墅!"

司机看着她那失魂落魄的脸庞没有多说,发动了车子。

安然的泪水一直没断,虽然全身发冷,但是额头上却还是渗出了大颗大颗的汗珠,就这样她的身上全湿透了,有雨水、有汗水,还有泪水,而她的心紧紧地蜷缩在了一起,纠结得生疼。

她用自己的双臂紧紧地抱住自己的双肩,可是,浑身还是禁不住地颤抖。

待到了海阳别墅,她才发现自己根本就进不去,这是个富人区,像自己这样狼狈的一个女人怎么可能进去呢?

我在
青春里
等你

她拿起手机不停地给林动打电话,可是,电话竟然一直处于关机状态。

她只能向保安询问这里是不是一个名叫林动的住户,可是,保安根本就不听她讲,就这样她在外面淋了一个多小时的雨,可是,依旧没有办法进入这个小区。

她只好又拦了一辆车来到他所在的公司,此时的她,已如从水里捞出来一样,当她浑身颤抖地来到前台询问林动的下落的时候,她已经发起了高烧。

"对不起!我们不能把林经理的信息随便透露给任何人!"前台服务员一口拒绝了这个看上去像一个乞丐一般的女人。

"我……我是他的女朋友!他搬家了,我想找到他!"安然打了一个喷嚏,浑身发抖地说道。

"女朋友?您别逗了好吗?我们林经理马上就要跟我们老板的千金结婚了!你还女朋友?撒谎都不会撒谎!"前台白了她一眼,不再理她。

"你说什么?你说林动要结婚了?不!小姐!你是不是搞错了?不可能啊!不可能啊!你肯定是搞错了!"安然坚决不想相信这个噩耗,她觉得今天所有的人都是在和她开玩笑。

"我可以明确地告诉你,我们公司只有一个林动,他就是我们的林经理,我们老板的乘龙快婿,所以,请你不要再在这

I wait
for you
in my youth

里浪费我的时间了好吗?"前台嫌恶地看了她一眼,又看向大厅里的保安,接着保安便将安然赶出了公司。

"怎么会这样?怎么会这样呢?为什么?为什么?"安然一走出大厅便昏倒在地上。

当她醒来的时候,她已经在医院里,保安打的120,医院的医护人员将她带到了医院里。

"小姐,请问您有什么亲人吗?您的医疗费和住院费需要去交一下!"护士看她醒了过来,礼貌地问道。

"呃……"她开始前后左右地找手机,终于在枕头下面找到了自己的手机。

她习惯性地打给林动,可是,电话那边一片寂寥。

她这才明白,他或许,早已不属于自己,或者,从来都没有属于自己过,最初的最初,他的电话也不是随时为她开机,也不是她能随叫随到的。

原来,每一个在黑暗里的爱情,每一个见不得光的爱情,都有一颗包藏的祸心,只是,自己一直未发现。

或许,他根本就不爱自己,只是自己太过于执著吧?可是,如若不爱,为什么不早些告诉自己,如若不爱,为何不能明说,为何要让自己受这么大的屈辱。

自己到底哪里不好,到底哪里做错了,竟然在现实生活中受到如此的冷遇,让自己上演了电视剧中"男友结婚了,新

我在
青春里
等你

娘不是自己"的戏码。

她哭得天崩地裂，昏天暗地，将自己这些年来的苦闷和憋屈都变成了眼泪，哭着哭着却又笑了起来，她笑自己的傻，她笑自己的痴，她笑自己的后知后觉。

"安然,你怎么了？"

刘汲的手受伤了，来医院里包扎伤口，本想顺便再去看个病号，却没有想到在病房里看到了哭泣到无助的安然。

安然仿佛没有听到一般，依旧在那里哭得死去活来，刘汲心疼极了，从一进公司他就注意到了这个安静的女孩儿，默默地注视着她的一举一动，只是，知道她有男朋友了，所以这一切情愫全都放进了心里，只是安心地当她的朋友。

刘汲将安然揽进自己的怀里，不停地拿纸巾帮她擦眼泪，还不停地拍打着她的肩膀。安然不知道哭了多长时间，最后在他的怀里睡着了。

刘汲帮她付了医药费，将她抱进自己的车里，载着她来到了自己的家里。

车上的她依旧睡得很沉，他用自己受伤的双臂将她抱进了自己家的卧室里，看着她那紧紧蹙起的眉头，刘汲的心疼到了极点，在心里面默默地告诉自己一定要好好地照顾安然。

安然睡醒后，发现自己在刘汲的家里，并没有说些什么，

I wait
for you
in my youth

只是发呆,只是静静地流眼泪。而刘汲也什么都不问,什么都不说,只是陪着她,给她煲汤做饭。

他帮安然请了一周的假,而安然的精力恢复一些后,便开始给林动打电话,无论如何她都希望他亲口告诉自己他们两个终结了,他们两个的感情完了。

而她是多么的不甘心,那么多年的光阴,那么多年的青春,就这样荒芜在了欺骗之中。

林动的手机依旧打不通。

她不相信他会如此决绝,不声不响地就离开自己,就算离开也理应告诉自己一声吧,这样算什么呢?把自己像扔垃圾一般丢弃掉吗?

她不甘心,决定再去他的公司找他。就在此时,手机响了,是林动的电话。

"喂?"她用尽全身力气接听。

"我最近在外地出差,这周……"他在那边还想搪塞自己,这又是干什么呢?难道自己真的是那种食之无味、弃之可惜的一个物品吗?

"林动,你结婚的时候别忘了给我发请帖!"安然打断了他,用尽全部的心力说出了这句话,然后将手机扔到了窗外。

从此,她换了手机号,换了住处,换了发型,换了一切能换的东西。

我在
青春里
等你

　　她用自己积攒的本来打算和他一起买房的钱，付了首付，买了一间小房子，在刘汲的帮助下将房子装修成了自己最为喜欢的样子。

　　反正，就算是和他恋爱自己也是寂寞的，那么自己一个人又有什么受不了的呢？她开始尝试着多彩多姿的生活。

　　工作上她开始用尽全力地去赚钱，生活上她开始跟着刘汲去参加各种各样的娱乐活动。有时候还会出去旅行，当个背包客，闲来也会在豆瓣上写段子、拍微电影。她开始将自己的生活过得丰富多彩。

　　而刘汲总是往她的家里跑，帮她做饭，帮她收拾屋子，帮她修理坏了的东西，接送她上下班。

　　安然欣然接受，但是，却又装作什么都不知道，她已经受了一次伤了，她已经不敢将自己的心随便交给别人。

　　刘汲知道她心里的伤，他并不着急，只是默默地做着能为她做的所有的事情，他想终有一天，她心里的锁会被他打开，到时候，他会当她唯一的一把钥匙。

　　几个月后，安然在公司上班的时候收到一个快递，打开后，她才发现是林动的结婚请柬。她倒吸了一口凉气，胸口仿佛被大风吹过，呛得她异常地难受，原来伤一直都在，原来恨从未离去，只是，她刻意地掩埋起来，这不经意的一掀，却足以把她的心掀起惊涛骇浪。

I wait
for you
in my youth

"如果不想去,就不要去了!"刘汲看到她神色不对,忙跑了过来,当他看到那红红的请柬和她红红的眼角的时候,拍了拍她的头,轻声说道。

"不!我得去!这一场盛大的分手仪式我怎么能不参加呢?他还没跟我说'再见'呢!我还没跟我的青春说'再见'呢!为什么不去呢?我要亲眼看着他离开我,离开我的世界,我也要亲口跟他说'再见',跟我的青春告别!"安然声音哽咽地说着,一行晶莹的泪珠滑落,刘汲的心狠狠地疼了一下。

"好!我陪你!"刘汲坚定地说道,他见不得她这样子伤心,他宁愿伤心的是自己,而不是眼前这个善良纯净的女孩儿。"我假装你的男朋友,电视上不都是这么演的吗?你看小爷我这么仪表堂堂的肯定不会给你丢人吧?"刘汲一边说一边宛若模特一般开始摆着酷酷的POSE,安然终于破涕为笑。

那天,安然穿着一条嫩黄色的连衣裙,黑亮柔顺的发丝乖乖地垂在胸前,而刘汲则穿着一身藏蓝色的西装配以一丝不苟的发型。他拉着安然的手,稳稳地走进了婚礼大厅。

他们一进去便吸引了所有人的目光,当然也包括林动的。安然勇敢地迎上林动的目光,脸上挂着云淡风轻的笑容。

他们的很多同学都在场,他们曾七嘴八舌地打赌安然会不会大闹婚礼现场,而安然只是乐呵呵地跟在刘汲的身后,找了一个座位坐了下来。

我在
青春里
等你

婚礼进行得很顺利,没有同学们料想的狗血镜头上演。安然看着台上的林动将手里的戒指套在新娘的手上时,心里突然释然了……

或许,他想要的,自己给不了,就是他要将自己的爱埋在深夜里的原因吧?或许他就是这样放弃自己的吧?

原来,爱从来都不是一件纯净的东西,爱有的时候就是一种权衡利弊的结果吧?就像自己,以后或许会接受刘汲,当然感动、欣赏都有,而最终起决定作用的就是,他的身上有自己想要的温暖和安定……

安然转过头看向刘汲,刘汲也在怔怔地注视着她……

爱你在繁花盛开时节

我在
青春里
等你

爱你在繁花盛开时节

有些爱,穿越时间,对抗过流年,一任繁花盛开时节的芬芳美好。

1

他和她是高中同学,那时候的她安静到了极点,就算是被老师点名起来回答问题,就坐在她前位的他也只能隐约听到答案。她没有什么朋友,总是一个人静静地坐在那里发呆,而他只要一下课,就要回过头来不停地找话题跟她说话。她就扑闪着她那迷人的大眼睛,静静地看着他说话,有的时候她面无表情,更多的时候,她那忧郁的眼睛里面会闪现出一丝快乐。

I wait
for you
in my youth

每到这个时候,他的眼前仿佛能看到她站在繁花盛开的花丛中静默安然地微笑。

后来,文理分班,她选择了文科班,他继续留在原来的班级里,他为了见她,总是跑去她的教室找她,让她帮他写作文,然后堂而皇之地以感谢她为理由,给她买糖果吃,她也乐得收下。

后来,他家里出了一些变故,他离开了学校,去了外地打工,她并不知情,只是觉得他好久没有来找自己了,心里有着淡淡的失落。

有一天,经过原来的班级,当时自己的同桌看到了她,跑了出来,拉着她的手一阵寒暄,她顺便问了问他的情况。当她从同桌口中得知他离开了学校的情况后,她的心竟然微微地疼了起来。

她难过了好多天,虽然她也不知道为什么这么难过。

只是知道,以后再也没有那么一个人,天天围在自己身边东拉西扯了。

后来,她和他便没有了任何的交集。

我在
青春里
等你

2

  她如愿考上了大学，由于生得漂亮，又清纯安静，于是有很多很多的男生开始追求她，可是，在她的心里，仿佛哪一个都不称意。虽然她的生活里来了很多人，热闹非凡，但是，她依旧是孤独一人。

  那年，大学里都玩起了博客，文字功底很不错的她也写起了博客，由于她的文字功底好，学校的很多粉丝都给她评论、留言，她的博客在校园里也小火了一把。

  有一天，她打开博客，发现留言板上有一个留言："你还记得我吗？我是蓝天啊！下面是我的QQ号和手机号！你要赶快跟我联系啊！"看到这句话后，她有些纳闷，用大脑使劲儿地想了想，却还是没有想起蓝天是谁。

  吃完晚饭后，她躺在床上看书，脑海里忽然就浮现了那个总是一脸坏笑的少年！

  "是他？"

  她猛地坐起身来，她想起来了，她终于想起来了，大学的生活太过于热闹，让她忘记了那枯燥无味的高中生活，甚至连他也顺便给淹没了。

I wait
for you
in my youth

可是,他还是那个他吗?可是,他还是那个单纯的小男孩儿吗?可是,他……

心中有很多的不确定,而且,她本来就是一个被动到极致的人,她迟疑着并没有跟他联系。然而,不到一个小时,自己的手机就被打爆了,甚至有的女生专门跑到宿舍里来告诉自己,说网上有她的一个好朋友在等着她的回复,她彻底无语了。

原来,他在她博客里所有好友的页面上都留了言,让他们告诉她有一个她的好朋友在一直等着她的回复。

她无奈了,不过,他的用心还算是良苦,但是,她还是不想联系他。原因,她自己也不知道。

3

她照旧天天写博客,而她也发现自己的页面上总是出现一个头像,从那个头像里,她能看出就是蓝天。

她打开他的页面,看到他写的每一篇博客,都是关于高中时期的自己的,心里有些小感动。可是,他那成熟的脸庞,

> 我在
> 青春里
> 等你

和高中时期青涩的他完全不像是一个人。

她有些怯懦地退缩了。

时间就这么飞快地过去了,他每天都要给她发私信,每天都给她写信,她也只是看看就删了,她仿佛是在保护着内心深处高中时期的那段美好。

暑假她闲来无事,来到烟台琳子那里度假,琳子准备考研,她觉得自己读书读够了,只想毕业后好好地上班,所以,在琳子听课的时候,她就跑到学校的机房上网。

日子太无聊了,她打开自己的博客,又看到了蓝天那每天一封的私信,她一封一封地看完,心里竟然有些小温暖。

"只是当个朋友,或许没有必要想那么多吧?"她在心里面暗自想着便登上了QQ开始和他联系。

之后,她才知道,原来,他为了找寻她的下落,每天都在百度上搜她的名字,他就是这样找到了她的博客的。

他终于联系上了她,他在心里对自己说,这一次再也不会将她弄丢了。之后,他便展开了猛烈的攻势,比她所有认识的男孩都霸道的攻势。

习惯了周围男生那种温文尔雅的求爱,对于他这种无赖加撒娇加霸道的追求,她竟然发现自己真的动心了。

或许真的是被他的霸气所折服,她答应了他的求爱。

然而……

I wait
for you
in my youth

他和她相恋一个月后,她就在家乡出了车祸,她的额头上从此多了一条蜿蜒的疤痕,在她看来仿若一条黑色的虫子就那样恶心地趴在自己的额头上,这让一向有着美女自尊的她觉得非常受打击。

她不见任何人,每天一个人待在房间里,她觉得自己忽然间这一生就这样完了,她觉得自己和别人不一样了。

她开始不接他的电话,闹着要跟他分手,她觉得现在的自己好像一个巫婆、一个丑陋无比的女人,这样的自己是不配拥有他、不配拥有幸福的。

他急匆匆地跟公司请了假,从外地赶来,他用尽浑身解数说服从一开始就不同意他们在一起的她的母亲,终于见到了她。

她一开始捂住自己的头不看他,但拗不过他,便抬起头来直直地看着他的眼睛,希望从他的眼睛里面看到他的惊慌和恐惧。

然而,他的眼神依旧和以前一样温柔,甚至没有一丁点儿的波澜。

"你不怕我吗?你不觉得我的额头很吓人吗?你不觉得我是巫婆吗?为什么你没有落荒而逃呢?"她的眼泪从眼框里奔流而出,她狠狠地咬住自己的下唇盯着他问道。

"傻瓜,我喜欢的、我爱的就是你这个人,无论你变成怎

我在
青春里
等你

样,在我的眼里你还是你,你还是我最爱的那个女孩!"他抱住她认真地说道。

她没有说话,只是不停地流着眼泪。

"宝贝,你额头上的疤痕看起来多性感啊!就好像一个蛇的纹身,让你看起来特别有个性,特别迷人!"

他爱怜地用他温暖的大手抚摸着她的头,用温热的嗓音说道。

"你是骗我的吧?"她抬起头来一脸的不相信。

"真的,真的又性感又迷人!我最近正研究纹身呢,你这比纹身还自然呢!"他紧紧地抱住她,认认真真地说道。

她的脸上终于露出了天使般的笑容。

他静静地陪了她一周,他甚至根本就不提她额头的事情,这一星期她快乐地忘掉了自己的疤痕。

一个月后她回到学校上学。

同学们都用怜悯的眼光看向她、安慰她,此刻她却满不在乎地说道:"这没什么啊!你看我的疤痕是不是很像一个性感的纹身?我早就想纹身了呢!"

她无视周围人诧异的眼光,因为他的话就在自己的耳边,并不是这个纹身一般的疤痕真的让自己的美变得更加特别,而是他的爱让她觉得自己和一般人根本没有任何的区别,让她不去在意别人的看法。

I wait
for you
in my youth

4

很快毕业了,父母帮她安排好了工作,她回到了家乡。她和他在她父母的千拦万阻下结了婚,有了自己的小家,而他也为了她离开了自己奋斗了八年的大都市,来到了她的家乡。

在这里,他没有任何的人脉,没有亲戚,没有任何亲人,他只有她。他不适应这里的生活却为了她慢慢地适应。

首次创业,他失败了,在家消沉了一个月,他决定去工厂上班。他以前是骄傲风光的区域经理,在工厂里却是出卖自己劳力的一天上12个小时班的工人。

他的累和苦,她看在眼里,疼在心上,他那原本修长好看的双手,现在变得又粗又黑,还满是血泡。

多少次在他睡后,她从他的身后抱住他泪流满面。

在他的悉心照顾和爱惜下,她的疤痕也越来越不明显,她也变得越来越美。越来越多的人可惜地说道:"以你的美貌和工作,找什么样儿的找不到,为什么偏偏找他呢?"

她总是笑道:"因为我只能嫁给他,因为他就是我命定的那个男人,是他给了我第二次生命!"

我在
青春里
等你

  面对别人的不解,她也不过多的解释,是的,在她的心里面,她永远都记得那个画面。他爱怜地抚摸着她的头,一脸宠溺地说道:"你的疤痕多像一个漂亮的纹身啊!"

  每晚他看着她熟睡中依旧美丽的容颜,他都会轻轻地抚摸着她额头上的疤痕幽幽地说道:"谢谢你,疤痕纹身,如果不是你,心高气傲美丽无比的她怎么会如此安心地待在我的身边呢?如果没有你,或许她早就飞出我的掌心,让我无处寻找。"

  而他不知道,每天早晨,她对着镜子看着自己头上的疤痕都会安心地说道:"谢谢你疤痕纹身,如果不是你,我不会知道有那么一个人无论发生什么,无论我变成什么样子,他都会在我身边,一直都不走!"

  后来,他再次创业成功,他给她买了一处白色的小别墅,小别墅里种满了各式各样的花朵。

  他最爱的事情,就是静静地站在窗前,看着她在繁花盛开的时节那安然的笑容,仿佛高中时她那静默安然的微笑。

  对于相爱的人来说,无论什么都无法与其对抗,或许,爱是一种说不清道不明的感觉,可是,那爱本身就带着繁花盛开时节的芬芳香气。

I wait
for you
in my youth

阳光下的微笑

当你爱一个人的时候,无论他是错还是对,在你的眼里都是那种最为特别的存在,你可以容忍他的任何错误,就算他错了,你也会告诉自己,他是不得已的,而他会让原本懦弱的你、原本胆小的你变得勇敢、变得无所畏惧,变成人生的战士。

爱可以穿越伤痛,抹掉伤害,一如那温暖的阳光,照耀着你那灿烂的笑意。

1

陈峰第一次见到灵溪的时候,她穿着一条淡蓝色的牛仔裤,白衬衣扎进腰里,白色的帆布鞋,清清爽爽的马尾辫,白皙的小脸儿上挂着淡淡的笑容。

我在
青春里
等你

"你好！我是灵溪！以后欢迎常来我们家做客！"灵溪说着便伸出手欲要和他握手。

"我叫陈峰！"陈峰局促地说道，因为骑自行车从县里到了省城，手上都磨出了泡，所以不敢伸出手。

陈峰这次从县城考上了省城的大学，妈妈告诉他灵溪的爸爸钟国安是他的父亲陈永军以前的战友，于是，让他带了些土特产给他送来。

从家里的土屋来到如此金碧辉煌的楼房里面，陈峰觉得很是拘谨，特别是面对灵溪的目光，他紧张至极，甚至都不知道钟伯父和钟伯母都问了自己些什么。

他们留陈峰吃饭，自尊心特别强的他还是走了，他觉得母亲不该让他来的，如果不是一个世界的人，强扭在一起又有什么用呢？只是徒增笑柄罢了。

开学后，陈峰才发现自己和钟灵溪竟然在同一个班级里面，开学的第一天，灵溪穿着一身淡蓝色的连衣裙，白色帆布鞋，清爽的马尾衬托出她一副清纯可爱的样子，她站在门口仿佛在等着什么人。

当陈峰走近了，她便挡在了他的面前。

"陈峰！我妈妈做了酱牛肉，让我给你带来！一会儿上完课你跟我来宿舍拿吧！"她一脸灿烂笑容地看着陈峰。

"我不吃牛肉！替我谢谢伯母，留给你自己吃吧！"陈峰说

I wait
for you
in my youth

完便要往教室里面走。

"哎？这是我妈交给我的任务，你必须收下！"灵溪没有想到会被拒绝，便双手掐腰，一双大眼睛狠狠地瞪着他。

"前面的同学！你们走不走啊？挡住路了！"后面有人叫喊。

"陈峰，你要是不答应，我就不让你过去！"灵溪一脸皎黠的表情看着他。

"行行行！我答应你还不成吗？真是个小姑奶奶！"陈峰求饶道，灵溪则开心地让开了路，放他过去。

有了这次成功的案例后，灵溪总是找各种机会给他送吃的、送穿的，表面上都是以妈妈的名义，其实全是她自己买的。她除了是名学生外另外的身份就是一个网络作家，由于文笔好更新稳定，她一个月的收入大约有四五千元。

不过，从小就懂得"事以密谋"的她，谁也没告诉，这几年自己也攒了不少的钱。那天看到陈峰一米八几的个子，穿得那么寒碜，虽眉清目秀却又一副营养不良的样子，她就决定想办法要将他养得白白的，打扮得俊俊的，等养肥了自己再下手吃掉！

陈峰在她的"照顾"和"打扮"下，日渐帅气起来，俨然一副英俊青年的模样了。陈峰每天的心思都放在了兼职和学习上，并没有太过注意到灵溪对他的打点，他甚至都没有注意到自己现在已经成了班里最为帅气的男人。

陈峰用业余时间做销售,备考注册会计师及司法考试!又挤出时间由灵溪带路,将省城游玩了个遍。

"陈峰,你毕业后要做什么呢?"这天他们游玩回来一起坐公车的时候,灵溪转过头看向他问道。

"做会计师啊!你呢?你要当什么?"

"我啊!我要当作家!还要当一名出色的律师!"灵溪笑着一脸坚定地说。

"很有梦想啊!我觉得你一定可以的!"陈峰认真地看着灵溪,发现虽然看起来柔弱无比的她却是非常难得的坚强和有主见。

"陈峰你喜欢什么样子的女孩子啊?"灵溪抬起头来看向陈峰。

"嗯……我还没有想过这个问题!"陈峰不敢多说什么,他不确定自己能否给这个宛若公主一般的女孩儿幸福。

灵溪失望地转过头看向窗外,白皙美丽的小脸儿上都是失落。

I wait
for you
in my youth

2

这周陈峰因为要忙着完成一个指标,一周都在外面跑业务没有回学校,到了周末,他终于提前完成了指标回到了学校。

"陈锋!陈锋!陈锋!"因为是周末,舍友们都和女友出去玩了,陈峰一个人坐在宿舍里面看书,就听到了外面有人喊自己。

他打开窗户往下一看,是灵溪的舍友小喵和金子,他慌忙穿上外套就往下面跑,一边跑一边觉得有一种不好的预感。

"陈峰!陈峰!灵溪家里出事儿了!我们赶紧去看看她吧!"小喵和金子气喘吁吁地说道。

"出事儿了?出什么事儿了?"陈峰的心立即提到了嗓子眼儿。

"灵溪的爸爸被指控杀人灭口,被警察给带走了!可是,他有突发性心脏病,这一生气,一口气没喘上来就……"

"什么时候的事情?"陈峰问道。

"一周多了,我们也是刚听隔壁班灵溪的邻居说的!"

"什么?我们快走!"此刻陈峰的脑袋里都是灵溪的一颦

> 我在
> 青春里
> 等你

一笑,她现在怎么样?他不敢往下想。

当他们赶到的时候,灵溪正一个人坐在她家的小院子里面发呆,陈峰看到她惨白的小脸儿一阵心疼,忙跑过去将她揽在自己的怀里。

"陈峰!陈峰!你终于来了!我害怕!我害怕!"灵溪躲进他的怀里失声痛哭,金子和小喵也跟着哭了起来。

陈峰紧紧地搂着灵溪,感受到她浑身的颤抖。

灵溪终于哭够了,从他的怀里慢慢地抬起头来,静静地看着远处,仿佛在看什么东西。

"灵溪,伯母呢?"陈峰问道。

"你是问我妈妈吗?我妈妈受不了打击疯了!他们都说我爸爸和那个死去的女人偷情,那个女人要我爸爸娶她,不然就去告发他,然后我爸爸就把她给杀死了!"

"你说,我那么心高气傲的妈妈怎么能受得了这样的打击?我那么受人爱戴的爸爸竟然背着我妈妈找别的女人,而且还成了杀人凶手!这太可笑了!太可笑了!太可笑了!"灵溪失控地哭了起来,哭得陈峰手足无措。

短短一周的时间,竟然发生了这么多的事情,就这么一周的时间,灵溪从一个被父母宠爱的小公主,沦为了杀人凶手和疯子的孩子。

她可怎么承受得了?陈峰担心地看着灵溪,心里无限感

I wait
for you
in my youth

叹,真是造化无常,世事弄人,他决定一定要好好地爱她,好好地照顾她,照顾她一生一世。

小喵和金子走后,陈峰在灵溪家照顾了她一周,在这一周里,他亲眼看到原本那么柔弱的灵溪是怎样由一个女孩儿变成一个成年人的。面对那些见她家落魄了就来抢她家房产的亲戚时,灵溪就像护食的小猫,寸步不让。

灵溪在他的陪同下,将父母留下的这栋大房子卖掉,自己在学校旁边买了一处小房子。剩下的钱,她留着应付每个月她母亲在疯人院里的花销。

陈峰想缓缓气氛,便带她去吃火锅。可是,她一口都吃不下去,吃一口吐一口,吃两口吐两口。自从变故之后,灵溪似乎就得上了厌食症。

灵溪很少笑也很少去上课,她每天都躲在自己的小房子里,她把大把的时间都用于司法考试和写小说,一有空闲她还要去疯人院照顾妈妈,她的日子过得紧张而忙碌。

而陈峰则每天都变着花样儿地按照网上的菜谱给灵溪做各种各样的菜,从鲁菜到川菜到湘菜,每天都不带重样儿的,为的就是让她对吃饭感兴趣,然而,她的饭量却总是少得可怜。

陈峰并不气馁,他想总有一天他会让她的味觉恢复过来,重新对吃饭感兴趣。

我在
青春里
等你

3

这天陈峰又来到灵溪的小房子里,帮灵溪做饭,今天他要做川菜水煮鱼,因为很费劲儿,他一直在厨房里忙忙碌碌。

"陈峰哥,以后你不用来给我做饭了!以前我对你的好,你也已经还清了,我们两个现在互不相欠了!"灵溪幽幽地站在他的身后说道。

"灵溪!你这是在说什么啊?我想要照顾你!是我发自内心的!你放心,我一定会把你的味觉治好的!"陈峰回过头来静静地看着灵溪。

"不用了!你走吧!我已经有男朋友了!以后他会给我做饭的!"灵溪的眼睛并不看他,而是看向别处。

"什么?你是骗我的吧?小溪!"陈峰不信。

"没有!我没有骗你!你走吧!他一会儿就来了!"灵溪重重地说道。

"到底怎么回事?你告诉我灵溪!那天你不是问我,喜欢什么样的女孩儿吗?我现在就告诉你!我喜欢你这样的女孩儿,我就喜欢你这样的女孩儿!"陈峰紧紧地抱住了灵溪。

"陈峰!我貌美如花父母都在的时候,你不说喜欢我!现

I wait
for you
in my youth

在才说喜欢我！你其实就是在可怜我对不对？其实,我根本不需要你的可怜！我讨厌你！我不喜欢你！你给我走！走啊！"灵溪狠狠地推开他,将他推出了门外,任陈峰怎么敲门都不开。

灵溪关上房门后,泪流满面,她静静地哭泣着说道:"陈峰,我不能拖累你,你知道吗？我妈妈也死了！都是那个女人害的！都是那个坏女人害的！我一定会为我的爸妈报仇！一定会！"

灵溪花重金找人调查当年谁是指控父亲是杀人凶手的人,才知道是沈阿姨,就是那个经常和父亲在一起的漂亮女人。

本来她只想好好地赚钱,然后给母亲治病,可是,没有想到,母亲竟然也离开了自己。于是,她决定一定要找到害父亲的凶手,她怎么也不相信是自己的父亲杀了人。

这一调查,她才知道,是沈阿姨告的秘,是那个经常给自己买衣服、经常送东西给自己的沈阿姨。

无论是谁,她都没有想到是她。在灵溪的眼里,沈阿姨是那么的美丽、那么的善解人意,她还经常带自己出去买东西,为什么她会指控父亲呢？

她觉得这里面一定有什么事情自己不知道,这里面一定有什么阴谋。

我在
青春里
等你

她那个时候总觉得自己的父亲和这个沈阿姨有着某种情愫，然而，沈阿姨却指控他因情杀死了那个女人，以至于自己的父亲在去警局的路上就病发身亡。

她这个时候才想起，父亲死后，沈阿姨仿佛是发了一笔横财，买了别墅，也不再上班，还开了家美容院，日子过得很是逍遥。

所以为了查清楚真相，她决定牺牲自己，勾引沈阿姨的儿子，她想只要成了她的未过门的媳妇儿，她肯定会有很多的机会来接近她、调查她。

得知她的儿子郑凯每晚都去酒吧，每天晚上陈峰走后，她就换上紧身的短裙，画上浓妆，来到酒吧，故意接近郑凯，而郑凯也爱上了这个无比美丽妖艳的女孩儿。

一直为了郑凯的婚事发愁的沈阿姨，在知道郑凯终于有了女朋友后，高兴得乐开了花，今天她非要郑凯带着女朋友回家吃饭，见见未来的儿媳妇。

灵溪想到这里，擦干了眼泪，开始打扮，她穿上黑色的紧身连衣短裙，头发直直地披在脑后，认真地画着妖艳的妆容，脚上踩着黑色的水晶鞋，宛然一副复仇天使的模样。

陈峰被赶出来后，一直就站在门口，他压根就不相信灵溪所说的话，他根本就不相信她会有男朋友。

这个时候一辆跑车停在了门口，从上面下来一个穿着夸

I wait
for you
in my youth

张的男人,嘴里叼着一根烟,见到陈峰后,便瞪了他一眼道:"你站在我媳妇门口干吗?找抽啊?"

"谁是你媳妇?"

"这个屋子的女主人!钟灵溪啊!你谁啊?"郑凯邪魅地看着他。

"钟灵溪是我……"陈峰刚刚要说话,此时,灵溪推开房门从里面走了出来,陈峰震惊地看着灵溪,而灵溪则看了他一眼说道:"你怎么还不走?难道我说得还不明白吗?"

"灵溪!你?你跟他?灵溪!你别胡闹行吗?"陈峰看着她的样子,心疼地说道。

"陈峰哥!我已经跟你说过了!从今以后,咱们两个互不相欠!我现在要去见我的公婆了!再见!"灵溪深深地幽怨地看了陈峰一眼,抬起脚快走几步就打开车门坐进了车子里。

"灵溪!你下车!你给我下车!"陈峰追上前就要开车门,但是,却被郑凯给挡住了。

"你给我滚开!"陈峰一拳头就将郑凯打倒在了地上,接着便拉开车门就要将灵溪给拽出车子。

"陈峰!我跟你说得还不明白吗?我不喜欢你!我现在做任何事情都跟你没有关系!我讨厌你!你走开啊!走开啊!"灵溪恨恨地瞪着陈峰说道。

"钟灵溪!你看看你现在的样子!你给我过来!过来!"

我在
青春里
等你

陈峰一个公主抱就将灵溪给抱下了车子,他一脚踹开了房门,将灵溪抱进去,接着放下她,将门反锁上,任外面的郑凯怎么敲门都不开。

"你到底要干什么?陈峰?请你不要破坏我的生活好吗?"灵溪静下来,严肃地看向陈峰,那一双迷人的眼睛,此刻却透露着肃杀的气息,让陈峰的心紧紧地一收。

"灵溪,这个问题应该是我问你的吧?这个郑凯的母亲就是沈梅吧?就是控诉你爸爸为杀人凶手的那个女人吧?你接近她的儿子是为了什么?"陈峰的眼神微微一敛,以审视的目光看向她。

"你怎么知道的?"灵溪不敢置信地看向陈峰,包包从手里滑落在了地上,里面的水果刀从包里掉落了出来。

"灵溪!你是学法律的!你怎么能这么傻?你是想要牺牲自己为伯父报仇吗?如果你因为这样而锒铛入狱,那么你对得起伯父的在天之灵吗?"陈峰双手紧紧地摁住灵溪的肩膀说道。

而门外的郑凯因为进不了屋,便回去搬救兵去了。

"陈峰哥!我妈妈也去世了!我妈妈也去世了!这个世界上就只剩下我自己了!我妈妈去世的时候,我甚至都没能在她的身边!就连她的葬礼都是疯人院简单地给办了!我的妈妈!那是我的妈妈啊!我曾经多么漂亮多么美丽的妈妈啊!可

I wait
for you
in my youth

是,最后却那么潦草地过完了这一生!我好痛!我的心好痛啊!"灵溪痛苦地推开陈峰,跪在了地上,失声痛哭起来。

"什么?伯母她?"陈峰也震惊了,他没有想到伯母竟然也离开了灵溪,他呆呆地站在那里震撼地看着灵溪,浑身颤抖。

"陈峰哥!我的爸妈变成这样!全都是因为那个沈梅!那个沈梅一定在说谎!我的爸爸和那个女人根本不可能是情人关系!我一定要杀了她,一定要杀了她!是她害得我家破人亡,是她害死了我的爸爸妈妈!我一定要杀死她!"灵溪泪流满面地浑身战栗地将刀子往自己的包包里面放。

"灵溪!没错!那个沈梅肯定在撒谎!但是,你应该知道,无论你多么恨一个人,都不能去杀她,而是要靠法律这个武器去解决,如果你一旦下了手,那么你就从被害者变成了杀人凶手,变成了施暴者!"

陈峰的话一句一句的仿佛利刃插入了灵溪的心脏,灵溪手里的包包终于再次落在了地上,她坐倒在地,双手抱臂失声大哭起来。

"灵溪,我知道你恨,我知道你伤心,我知道你想报仇,可是,你应该用法律来维护自己,而不是自己去报仇!"陈峰蹲下身子紧紧地将她搂进自己的怀里说道。

"可是,我该怎么办呢?这个案子已经过去这么长时间了!我该怎么办呢?我的爸爸妈妈死不瞑目,如果我不给他们

我在
青春里
等你

报仇……"

"小溪,你有没有想过沈梅为什么控诉你的爸爸?其实,根据我的调查,伯父那个时候确实有个情人!"陈峰一字一句地说道。

"什么?"灵溪一下子推开了他,仿佛一只受惊的小鹿。

"灵溪,伯父那个时候的情人不是死者,就是沈梅!"陈峰直直地看着灵溪,仿佛想用自己的意念让她镇静下来。

"沈梅是我爸爸的情人?"这个时候,灵溪仿佛恍然大悟一般,为什么那个时候沈梅会经常出现在自己的视野里,而且还总是给自己买东西。

"那她为什么要控诉她的情人是杀人凶手呢?这说不通啊?其实,我有猜到沈梅和父亲的关系,可是,我唯一搞不懂的就是这一点!"灵溪认真地看向陈峰,希望从他那里能够得到答案。

"灵溪!我现在已经有律师资格证了!而且我早就暗中调查了这个案子!钟伯父确实是被冤枉的!其实真正杀害死者的另有其人……"

"你是怎么知道的,陈峰?"灵溪听完后,心里宛若吹进了很多的冷风,呛得她特别难受,她抬起琥珀般的眸子深深地看向陈峰问道。

"小溪!这些年,我一直在调查!因为我知道你不相信钟

I wait
for you
in my youth

伯父会杀人！我知道你一定很伤心，很想还伯父清白，于是，我就……"

"陈锋哥！"灵溪一下子扑到了陈峰的怀里，脸上流淌下幸福的泪水。

"小溪，无论多么恨都不要去杀人，否则你将从被害者变成……"

此时，门外传来了很多人的踹门声，灵溪和陈峰立即站了起来，看向门外。

"陈锋哥，肯定是郑凯！"

"没事！有我呢！放心吧！"

"陈峰哥，我还是想去一趟，你放心，我不会杀她的，我会劝她去自首！你觉得呢？我也很想问问她的想法，我想这两年，她也活在愧疚中吧？"灵溪幽幽地说道。

"那你要记得我跟你说过的话啊，灵溪！"

"放心吧！我不会干傻事的！"灵溪静静地看着陈峰，嘴角扬起一抹苦涩的笑容，陈峰的心终于如释重负地放了下来。

这个时候，门被踹开了，郑凯带着一群人闯了进来，灵溪还没等郑凯说话，便妖娆地走了过去，挽住郑凯的胳膊眉眼含笑道："凯凯，你这是干什么啊？我表哥害怕我被你骗才把我拉进来的，现在我已经跟他说通了！他已经同意我跟你回家见我未来的婆婆了！"

"什么？真的？好了！兄弟们！都认着你嫂子点儿啊！咱们都撤吧！"郑凯揽着灵溪就往外走,陈峰站在原地静静地看着灵溪,灵溪则回过头来向他做了一个OK的手势。

4

当灵溪到达郑凯家的时候,沈梅正坐在院子里面看佛经,阳光洒在她那愁云密布的脸上,显得有些过分苍老。

这几天她查出自己得了重症,她觉得是自己的报应终于来了,于是,很想在离开人世之前,把儿子的婚事给办了,所以才催着郑凯带女朋友回家。

"妈！我回来了！"郑凯拉着灵溪,来到沈梅的面前。

沈梅抬起头来,一脸安详地看向郑凯,可是,当她看到灵溪的时候,禁不住地瞪大了眼睛,身子颤抖起来。

"妈妈！这是我的女朋友钟灵溪！"

"灵溪,这是我的妈妈！"郑凯微笑着给她们两个做介绍,因为太过高兴,并没有注意到他认为生命中最重要的两个女人脸上神色的变化。

I wait
for you
in my youth

"沈阿姨!好久不见啊!不过,您怎么变得这么老了?是不是做了什么亏心事天天失眠啊?"灵溪嘴角扬起一道嘲讽的弧度道。

"灵溪,你怎么这么跟我妈妈说话啊?"郑凯奇怪地看向灵溪,有些不高兴。

"郑凯!你先去屋子里,我要单独跟她说几句话!"沈梅对郑凯下命令道。

"妈妈,灵溪,难道你们两个以前认识?"郑凯觉得这两个女人之间有某种火药味儿,都说世界上最难处关系的就是婆媳,难道真的是这样?

"郑凯!妈妈的话你不听了是吗?"沈梅见他还不走,于是下命令道。

"亲爱的!一会儿跟咱妈说话客气点儿,我先回避!你们两个姑奶奶聊啊!"郑凯打着哈哈离开了,灵溪则径自坐在了沈梅的对面。

"灵溪!你真的长大了!真漂亮!"沈梅看着灵溪,脸上透露出愧疚的神情。

"阿姨,您还看佛经啊?您可要多念念,您身上可是背负了两条人命啊!这得念多少经才能将罪过赎完啊!"灵溪阴阳怪气地说道。

"你看你这孩子……"沈梅愣了一下,脸上的表情风云变幻,但随即又恢复了平静。

"阿姨!您和我爸爸是情人关系吧?你爱过我的爸爸吧?可是,你为什么出卖他呢?为什么冤枉他说他是杀人凶手呢?为什么让他死得那么惨?你知道吗?我的妈妈也死了!这都是拜你所赐!你就是再吃多少斋念多少佛,也不能改变你害死我爸妈的事实!"灵溪说道。

"什么?你妈妈……"

沈梅的身子一瘫,身体从椅子上滑落了下来,重重地坐在了地上。

"怎么了?你害怕了?"灵溪斜睨着她冷哼一声道。

"灵溪,你是真的爱郑凯吗?"沈梅抬起头以祈求的眼神看着灵溪。

"阿姨,您觉得呢?您觉得我会爱一个杀父仇人的孩子吗?我只是想要报复你,我要跟他结婚,我要一点一点地折磨你的儿子!让你也尝尝失去亲人的滋味!"灵溪越说越气愤,最后拍着桌子道。

"灵溪,郑凯是真的爱你,如果你不喜欢他,就请你离开他好吗?我知道我做了孽不可活,而我也得到报应了!我根本就没有几天的活头了!请你不要折磨郑凯好吗?"沈梅此刻心里最疼爱的就是郑凯,最放心不下的也是他,她没有想到,郑凯每天心心念念的女孩儿竟然是灵溪。

I wait
for you
in my youth

真的是因果循环,报应不爽啊!自己当年真的不该和灵溪的爸爸在一起,那样的话也遇不到那个杀人的场景,如果遇不到,那么自己也就不会被人威胁诬告钟国安,如果不是自己被人威胁,那么钟国安就不会死,他如果不死灵溪的妈妈也就不会死,那么灵溪现在也不会拿自己的儿子当成报复自己的工具。

"哎!人果真是不能做一点儿坏事的!"沈梅叹了口气深深地摇了摇头,便挣扎着从地上爬了起来,坐到了椅子上。

"沈阿姨!如果你告诉我你为什么那样做,那么我就考虑远离您的儿子郑凯,毕竟他是无辜的!"灵溪直直地看着沈梅说道。

"灵溪啊!这件事情在我的心里这么久,你不知道我的心里是多么难受啊!我每天都被噩梦给吓醒,脾气也变得暴戾、奇怪!而我的丈夫因为受不了我也跟我离婚了!这些都是老天爷对我的惩罚啊!"沈梅泪流满面地说道。

"那么你究竟是为什么要诬告我的父亲呢?我记得你那个时候对我父亲是很崇拜和倾慕的不是吗?"灵溪不解地问道。

"既然我也是将死的人了,那么我也没有什么好隐瞒的了!"沈梅看了一眼灵溪接着往下说道。

"那晚深夜我和你父亲在他的办公室里谈情说爱,便听到了楼上传来惨叫声,你父亲叫我先行离开!而就在我逃走的途中遇到了我们的老总靳总,他威胁我说让我指控你的爸爸,否则就会把我们的事情曝光,让我身败名裂……"

"所以,你就为了你自己害死了我的爸爸!进而害死了我的妈妈!"灵溪站起身来气愤地将杯子摔到了地上。

郑凯听到了这边的混乱声慌忙从屋子里跑了出来,看到这个场景,疑惑地看向灵溪又看向妈妈。

"灵溪,我也是将死之人了!我会去公安局自首,还你父亲一个清白!对你,我也只能说,阿姨错了!阿姨对不起你!"

沈梅说完便"扑通"一声跪在了地上,冲着灵溪狠狠地磕着头。

"妈妈!你这是干什么啊?"

"灵溪!这到底是怎么回事啊?"

郑凯觉得莫名其妙,而灵溪则泪流满面地转过身慢慢地离开了。

"哎?灵溪你干吗去啊?你别走啊!"郑凯迈开步子就要去找灵溪,却被沈梅给拉住了。

"妈妈,你为什么要给灵溪下跪啊?你们两个刚才到底说什么了?"郑凯蹲下身子抱住自己的母亲奇怪地问道。

"凯凯啊!妈妈做错了事情,你要记住,一定不要做违背道德的事,否则终会受到因果报应的!"沈梅说完便昏倒在了郑凯的怀里。

I wait
for you
in my youth

● 5 ●

沈梅确实遵守约定去自首并说出了那年案子的真相,灵溪父亲的冤屈也得到平反,然而灵溪却在心里开始怨恨父亲。

如果不是他背叛母亲或许也得不到这样凄惨的下场,而自己的母亲从始至终就是一个受害者。

她忽然间很不相信男人,因为在她的眼里让她那么崇拜的男人都会背叛,这个世界上还有哪个男人可以信任呢?

她趁着陈峰出差的时候离开了这座城市,这座让她伤心的城市。她来到了云南,用自己这几年积攒下来的钱,开了一间咖啡馆,每日闲散度日,那些忧伤、那些悲凉慢慢地在心中抚平。

她的味觉也慢慢地恢复,不再一吃东西就恶心,一吃东西就想吐。然而,味觉一恢复,陈峰以前给自己做过的那些菜的味道铺天盖地地袭来,那排江倒海的想念让她无法入眠。

于是,她开了家湘菜馆,只吃湘菜不过瘾,又开了家川菜馆,只吃湘菜和川菜也不过瘾,便又开了家鲁菜馆。

她有一搭没一搭地管理着自己的产业,所有的店面都聘请了专门的管理人员,具体事宜都交由他们去打理,不经意

我在
青春里
等你

间自己就成了一个小富婆,只是这时的她依旧孤身一人。

有一天她忽然间想起了那天陈峰没有给自己做完的水煮鱼,于是开车来自己家的川菜馆吃水煮鱼。

因为还没有到饭点儿,饭店里很安静,只有舒缓的音乐声拨动着每个有回忆的人的心弦。

厨师给她做了整整一大盆水煮鱼,她坐在那里一口一口地吃着,陈峰的音容笑貌在她的脑海里、心里一遍一遍地回放,就这样,她吃得泪水满面,鼻涕横流。

她一边吃一边拿纸巾擦自己的泪水和鼻涕,而厨师长则站在厨房里的玻璃窗后面暗自责备自己放的麻椒和辣子或许太多了,害得自己的老板呛得涕泪齐流。

"请问这里谁是老板?"

一道清冽的声音袭来,她想也没想就抬起头来冲着那个人说道:"我是!"然后,便僵在了座位上,手里的筷子"啪嗒"一声掉在了地上。

而那个人也是愣在了原地许久许久,过了一会儿,脸上露出阳光般的笑容说道:"我湘菜、川菜、鲁菜等等各大菜系都会,专治各种味觉不灵敏,请老板收留我好吗?"

"好!"灵溪站起身来,脸上也带着阳光般的笑容说道。

我的一生唯愿你在我的身边,穿越所有的伤痛,消磨掉所有的回忆,让我们的明天只有阳光般的微笑。

I wait
for you
in my youth

总有那么一个人

在人间四月天里,万物复苏,桃花盛开,人人脸上洋溢着春天般的笑容,连风都是暖暖的,这样的风是缓缓入心的,不那么激烈,没有攻击性,只是润物细无声地温暖了大地,吹绿了枝桠,灿烂了桃花。

而那个人的爱也是这样不急不缓的样子,只是随着时间的点滴温暖着你的心,他不着急亦不退缩,只是用他特有的方式缓缓地入你的心,而年轻的女孩儿总是喜欢那戏剧性的风云变幻,任性地挥霍着他的爱,待到繁华看尽,一切如烟,再回首,那份执著的爱也已经成为往事,再也不见。

1.兄妹

"对我好,对我好,好到无路可退,可是我也很想,有个人

我在
青春里
等你

陪,才不愿把你得罪,于是那么迂回,一时进,一时退,保持安全范围,这个阴谋让我好惭愧,享受被爱滋味,却不让你想入非非,就让我们虚伪,有感情,别浪费,不能相爱的一对,亲爱像两兄妹。"

娟子和文安的关系很像是陈奕迅的这首《兄妹》,或许每一对包藏祸心的男女关系里面都有过这种兄妹之间的暧昧吧。

娟子第一眼看到文安的时候,是两个人一起排练主持一个节目。文安一米八的个子,白白的皮肤,大大的眼睛,略有一些小胖,笑起来就像他的名字一般安稳文静。

排练组的同学们都说他们两个人长得很像,说文安长得很像娟子的男生版,就这样他们就开始以兄妹相称。

从此以后,文安就成了娟子的哥哥,他没事就带着娟子玩,陪着她聊天,带她见自己的兄弟们,俨然一副好哥哥的样子。

有了哥哥照顾妹妹的借口,文安几乎每周都带娟子玩,而娟子的很多第一次都是文安带她去的,比如第一次去K歌,第一次吃西餐,第一次用大牌的手机。

第一次跟他去KTV唱歌,那是娟子第一次走进那么豪华的地方,娟子就仿佛是刘姥姥进大观园一般东看看西看看,觉得到处都富丽堂皇。

I wait
for you
in my youth

"这是什么地方啊大哥？怎么会这么豪华？我有点儿害怕！"娟子紧张地拉着他的衣角，像个小媳妇儿似的跟在他的身后。

而文安则温和地保护着娟子。就是在这里的某个包厢里，娟子第一次知道文安唱歌竟然如此的好听。

当他用他那完美的嗓音唱着陈奕迅的《兄妹》的时候，听着那些暧昧的歌词，娟子的心里竟然有些小小的涟漪。

唱到高潮部分，他的朋友们都开始起哄，而娟子也只是有些不好意思地看着他，她从心里面知道，文安哥对她好，但是，他真心不是她的菜。

或许每个青春期的女孩儿都喜欢过那种痞痞的男孩儿吧，此时，在娟子的心里面已经有了一个人选，那个男孩儿跟文安是截然不同的人。

那个男孩儿看起来危险、脾气坏，有的时候更是突然间就从人间消失，任谁都找不到他。

可是，她觉得这样的男孩儿多好玩儿啊，多么地让人期待啊，多么地让人迷恋啊，这样的关系多么富有戏剧性啊。

所以，即使看得出文安那低调而含蓄的示好，娟子也是装作什么都不懂，只是默默地享受着他哥哥似的爱。

而她则将自己的全部的心都放在了追逐那个危险的男孩蒋俊晟的身上了。然而，他对她的态度却是暧昧不清的。

我在
青春里
等你

他有的时候对她很好,有的时候却又冷漠到极点,有的时候会天天和她在一起,有的时候却突然全世界都找不到。

她沉溺在自己选择的爱情里面不能自拔,她爱得卑微,却总是搞不清对方对她的态度。

而文安却始终如一地在她的身边,不远不近地用他的方式关爱着她。然而,对于不爱的人,即使做太多都入不了心,因为此时娟子的眼底心底全部都是蒋俊晟。

终于,蒋俊晟在消失一个月后站在宿舍门口向娟子求爱,悲伤了一个月的娟子听到他的求爱声立即喜极而泣,扑到了他的怀里。

而陪了娟子整整一个月,每天都给她送饭的文安,站在不远处呆滞地看着他们,手里还拿着他刚刚在蛋糕店亲自为她做的巧克力蛋糕。他看了看手里的蛋糕,又看了看远处被蒋俊晟拥在怀里笑颜如花的娟子,将蛋糕递给她的舍友便转身离开。路灯将他的身影拉得很长、很长,更衬托出了他心底的冰凉和失望。

他终于明白自己想要的她都不给,他的精心呵护却得不到她任何的回应。他想过放弃,却发现不行,因为他的心里眼里都是娟子,就算是和别的女生在一起说话,他也总是走神,担心她是否好好吃饭,担心她的男朋友是不是欺负她,担心她会不会睡不好。

I wait
for you
in my youth

2.重色轻友

谈恋爱后的娟子则每天都沉溺在和蒋俊晟的爱情里面,完全忘记了周围的朋友,更忘记了自己的那个总是笑得腼腆的大哥,甚至连他的电话和信息也很少回,在她的世界里此时只有蒋俊晟,文安碰到她的时候会眼神酸楚地说她太过于重色轻友,而沉浸于幸福里面的她怎么会理解他的心酸呢。

而甜蜜总是短暂的,幸福总是假象。蒋俊晟又突然间消失了,什么也没有跟她说,谁也找不到他。她哭得昏天暗地,哭得不能自已。

文安知道后,又买来了冰淇淋巧克力蛋糕。娟子看着那甜甜腻腻的蛋糕,看着文安那胖胖的脸庞以及那关爱的笑容,心里一阵失落。

他依旧带着她去K歌,带着她去打篮球,带着她去看展览,带着她去参加社团活动。她的脸上渐渐地有了笑容,只是一颗心依旧空荡,每日等待着蒋俊晟的消息。

终于等到了蒋俊晟的消息,那日她让文安带她去见蒋俊晟,因为她怕他会跟她说分手,她怕自己承受不住打击。

幸福果然如海市蜃楼,看起来如此美丽,却永远到达不

> 我在
> 青春里
> 等你

　　了。娟子再见到蒋俊晟的时候,他正在跟另一个女孩儿热吻。

　　娟子的大脑顿时一片空白,无力思考。然而就在她还没有反应过来是怎么回事的时候,身边的文安竟然三步并作两步走上前去,对着蒋俊晟就是一顿揍。

　　两人扭打着,那个女孩儿在旁边尖叫,而娟子却面无表情地看着打作一团的文安和蒋俊晟,仿佛跟自己没有任何的关系。

　　最后,在众人的拉扯中,两人被迫分开。蒋俊晟被众人拉走,而文安则一副不肯善罢甘休的样子。

　　文安这次的爆发震惊了朋友圈,在朋友们的眼里,无论遇到什么事情,文安都是一副笑呵呵的好好先生样,他们曾一度以为他是没有脾气的。

　　"小娟,对不起!我没有能保护好你!"文安觉得内疚,虽然这根本不是他的错。

　　娟子抬起眼眸,什么都不说,只是拿起手帕仔细地将他嘴角的血渍给擦干净。随后便转身慢慢地离开了。

　　文安回到宿舍后,一直用手捂着自己的嘴角,脸上没有了往日温暖的笑容,取而代之的是一脸的严肃。

　　"怎么了大哥!人反正已经打了,你别这么生气了!"

　　"是啊大哥!那个蒋俊晟自己不懂得珍惜放弃了小娟,这不正是你的机会吗?"

I wait
for you
in my youth

"大哥！你到底想怎么样？你一声令下,咱们兄弟们在所不辞！"

舍友们你一言我一语地唠叨着。许久,文安才跟舍友们如此这般地交待了一番,听得舍友们一副"你小子真是阴险"的表情。

几天后,文安的班级和蒋俊晟的班级举办了一场篮球比赛,得到信儿的女生们都跑到篮球馆去看比赛,而娟子则依旧躺在宿舍的床上睡得不分日夜。

"娟子！咱哥有比赛！走啊！去看啊！"小竹使劲儿地推着娟子,兴奋地说道。

"什么比赛啊？不去！"娟子连眼睛都不睁,就转过身面壁不再看小竹。

"哎呀！是咱哥和蒋俊晟的比赛！难道你也不看吗？"小竹继续推着她,"真希望咱哥把蒋俊晟那个渣男打个落花流水,让他在全校学生面前丢人,哼！"

娟子微微侧了侧身,愤愤不平的小竹没有注意到。

"不去,没兴趣。"娟子淡淡地回答着,顺手拉上了被子。

舍友们都去看比赛了,娟子一个人躺在被窝里却辗转反侧地睡不着,文安和蒋俊晟打架的场景又出现了她的眼前。

左思右想了好一会儿,娟子还是套上了一件白色的连衣裙,踩着淡蓝色的细高跟凉鞋走进了篮球馆。馆内两队正打

我在
青春里
等你

得如火如荼,她一进场就看到了穿着蓝色队服的文安,此刻的他完全褪去了平日里温吞吞的样子,两眼紧紧地盯着球,运球、过人、投篮的动作一气呵成,帅到了极点。

"原来,哥哥也有这么有气势的时候!"

她呆呆地站在原地看着场上的比赛,甚至忘记了坐下来。

两队的比赛越来越激烈,眼看比分越拉越大,蒋俊晟急了,发力猛攻,眼看着就要扣篮,在这千钧一发之际,文安竟然给他来了一个大盖帽,球被打出了场外,而蒋俊晟也随着巨大的冲劲儿摔倒在地。

场下一片唏嘘,蒋俊晟好像伤到了,痛苦地蜷缩在地上连连喊痛,文安站在不远处,弯着腰扶着自己的膝盖,呼呼地喘着气,眼神里面杀气腾腾的光依旧未退。

由于蒋俊晟伤势严重,比赛不得不暂停,而他则在队友和女友的搀扶下去医务室就诊。看着蒋俊晟痛苦的样子,娟子的心还是有点儿疼,无论如何,这个男人自己都深深地爱过。

蒋俊晟在走过娟子身边的时候,看了娟子几秒,这几秒钟娟子觉得仿佛整个世界都窒息了。她站在原地默默地看着他们越走越远,周围的吵闹声仿佛都被她隔离在外。

"走吧!妹妹!"

一条有力的臂膀揽住了娟子,她没有什么知觉地随着他

I wait
for you
in my youth

走着,待他送她到女生宿舍门口,她抬起头来直直地看着文安,眼神里面全是责备和愤怒。

"你是故意的吧?对不对?你是不是故意的?"

"什么?"文安怔怔地看着娟子。

"是你!是你故意把阿晟给打伤的对不对?你是故意的!你是想替我报仇对不对?可是,我让你这么做了吗?你凭什么将他打伤?你凭什么?我受了伤害,我乐意!我不用你多管闲事!把他打伤,你太过分了!你知不知道,我现在有多担心阿晟!我恨你!"

娟子的话仿佛一柄尖刀深深地刺进文安的心里,让他一阵心寒。忽然,他一个抬手狠狠地锤向宿舍的玻璃门。

"哗啦"一声,玻璃渣子四溅。

文安紧紧地握着拳头转身就走,鲜血顺着文安的脚步一路延伸。

"啊!"看到这一幕的女生们大声地尖叫着,而那鲜红的血迹也深深地刺痛了娟子的心,他竟然……

3.我很想爱他

"我很想爱他,但是眼睛在说谎;隐瞒比较容易吧,免得感情变得复杂;我很想爱他,但是理智在吵架。退出可能解围吗?谁能给我一个好的回答……"

蒋俊晟伤得不轻,在家里休息了一个多月。而文安则因为故意破坏公物而受到了学校的处分。

从那天以后文安就仿佛从娟子的世界里消失了一般,没有了任何的音讯。就算遇到他以前的好朋友们,她不问,他们也绝口不提文安的现状。

娟子忽然间觉得自己的世界冷清得难受,她这才发现,文安早已渗透在了她生活的每一处,他突然地抽身而退,让她觉得自己就是一条搁浅的鱼,没有水的滋润,渐渐不能呼吸。

"小竹,我那天跟我哥说的话很偏激吗?为什么他不理我了?我那天只是担心蒋……"

周末这天,舍友们都回家了,宿舍里面就只剩下了娟子和小竹,娟子纠结了好久,问小竹道。

"娟子!那天我都替咱哥抱屈!他对你那么好,他打这场

I wait
for you
in my youth

比赛也是为了你,可是,你竟然那样说他!如果是我,我也不理你了!你知道吗?我一直喜欢他,一直想接近他,我跟他表白了好多次,可是,他的眼里只有你!只有你!可是你却一直不把他放在眼里,他这次为了你教训蒋俊晟,你还这样对他,真的是气死我了!"小竹给自己倒了一杯红酒,一饮而尽,眼睛开始泛红。

"什么?你喜欢我哥?可是,你怎么没跟我说呢?"娟子有些诧异地看向小竹,这才发现自己以往只顾着将感情全部投入给了蒋俊晟,根本没有关心身边的人,之前的自己只是一味地接受文安还有朋友们对自己的好,根本就没有想过他们也有不开心的时候,他们也有需要人安慰的时候。自己还真的是很自私。

"是啊,我喜欢文安。那天他的手受伤后,我也跟着去了医院,只想要在那里帮忙照顾他,可是,他怎么都不肯。他说他的心里面已经有一个女孩了,他不想伤害我!"小竹低着头,又给自己倒了一杯红酒,慢慢地小口啜着。

"什么?他去医院了?"娟子此刻才想起,那天文安的手流了好多血,可是,自己竟然只是在怪他没来找自己,却从未想过他有多痛苦。

"是啊,娟子!这就是你!你只知道享受文安对你的好!可是,你有没有想过他的感受?你有没有看到他平日里对你笑

我在
青春里
等你

的时候那眼神背后的伤痛?你知道他有多心疼你吗?你又知道我有多心疼他吗?"小竹无奈地一笑,便仰头将杯子里面的红酒一口气喝完。

"给我来一杯!"娟子随手拿起一个玻璃杯递到小竹面前,此刻她的的心被小竹的话搅得乱七八糟。往事一件一件浮现在眼前,文安那温暖的笑容、温柔的眼神似乎定格在了眼前,挥之不去。

两个女孩在宿舍里不停地碰杯,很快便将一瓶红酒喝了个精光。

"小竹,你这个傻子,你早该告诉我你喜欢我哥啊!"

"娟子,你这个傻子,其实文安才是最爱你的人!我希望你能接受他,我希望我下次看到文安笑的时候,他不再笑得那么悲伤,我喜欢看到他发自内心的笑。你知道吗?他的笑,让我心疼!让我心疼啊!"小竹说着说着便睡着了。

就在娟子也昏昏欲睡的时候,她的手机响了。

"喂?谁啊?大半夜的打什么电话?想死啊?"娟子迷迷糊糊地对着电话那边一阵大嚷。

"小娟,你喝酒了?"电话那边传来文安低沉沙哑的声音。

"哥!"娟子燥乱的心一下子安静了下来,那一声"哥"里面仿佛集聚了所有的委屈、所有的温暖、所有的依赖、所有的抱怨、所有的指责以及所有的想念。

I wait
for you
in my youth

"恩！"文安在电话这边轻声地应着。

"你怎么都不找我了呢？我以为你不要我了呢哥！你的手好了吗？我好想你！"娟子在这边哭成了泪人。

"别哭了，傻丫头，我给你买了蛋糕，我就在你宿舍门口，出来拿吧！"文安似乎恢复了往日的温暖,声音轻柔。娟子放下了手机，"蹬蹬蹬"地下楼跑到了宿舍门口。

文安穿着一身军绿色的休闲装站在宿舍门口，高大、英俊。

"哥！"娟子一下子扑到了他的怀里。文安一脸笑容地轻轻抚摸着她的发丝。原本睡着的小竹此时皱了皱眉,不知是梦到了什么。

夜虽凉,风微暖。

4.静静的

我还在等着你静静地爱我,只要有你陪我,静静地已足够……

如果娟子和文安就此宣布成为男女朋友,那一切也许就

我在
青春里
等你

完美了。

可惜,曾经爱得那么深,怎么能说不爱就不爱,说放弃就放弃?娟子觉得在自己未能完全放下蒋俊晟的时候接受文安是对文安的不公。娟子过不了自己那一关。小竹也似突然醒悟般地决定暗暗地坚持自己的选择,哪怕最终无果,也不轻易放弃。爱就爱了,大家不是都在坚持着自己心中的那一份爱吗?

就这样,我爱着你,你爱着她,她爱着他,理不清的感情纠葛一直持续到毕业。

毕业后娟子和小竹选择继续留在这个大都市里奋斗,娟子舍不得这个城市的多元,离不开这里的灯红酒绿。

而原本可以回家乡继承父业的文安为了守护娟子也选择了留在这个让他有诸多伤痛的城市。他经常会做一桌子的菜叫娟子和小竹还有他们共同的朋友一起来吃饭,每次这个时候,小竹都会很开心并一脸崇拜地看着他在厨房里忙前忙后,虽然明知主角不是她。

而娟子则在客厅里和所有的朋友们一起瞎闹、狂欢。

又到了娟子的生日,这一天文安又亲手帮她做了一个超大的生日蛋糕以庆祝她即将到来的26岁。

那个蛋糕耗费了他整整一个上午,蛋糕里有许多娟子爱吃的坚果和水果,还有她最爱吃的冰淇淋。

I wait
for you
in my youth

小竹很早就过来帮忙,可是,文安只让她帮忙收拾青菜,并不让她插手蛋糕的制作。他说这是他送给娟子的心意,他想用他自己完整的心将这个蛋糕做给她吃。

小竹一边默默地收拾着青菜,一边悄悄地关注着聚精会神地做着蛋糕的文安,眼眶渐湿。

小竹看到文安鼻尖上沁出了颗颗汗珠,宛若晶莹的珍珠一般,便忍不住拿出手机给他拍了几张照片。她想,如果有一天,文安和娟子走在了一起,自己也就只能靠这些照片取暖了。人生为什么这么不公平呢?自己那么喜欢文安,可是,他的心里、他的眼底就只有娟子,而自己永远都只能在他的身后默默地看着。

他从不回头,他只专注于娟子。

"小竹!你看好看吗?"

此刻,文安抬起头来,一脸灿烂的笑容,晶莹的汗珠在他白皙的脸上熠熠发光。

"好看!"小竹忙将自己的眼泪擦干净,俊俏的脸上挤出大大的笑脸大声地说道。

"小竹……"文安疑惑地看着她。

"没事儿啊!可能刚才剥洋葱剥的!嘿嘿!"小竹忙转过身继续用力地洗菜,她在心里面暗暗告诉自己,即使这样在他的身边也是极好的,最起码能够经常看到他,她告诉自己

我在
青春里
等你

要知足,告诉自己要祝福。

一大桌子的菜做好了,文安拿着一个精致的光盘告诉小竹,这个光盘里的歌都是他自己唱的,都是他自己录的,这里面有他要跟她说的话。

小竹浑身僵硬,只是一直保持着完美的微笑,她不敢说话,怕自己一说话泪水就会滑落下来。

晚上朋友们都来了,可是娟子却迟迟未到。

将近晚上11点,朋友们都走了,偌大的客厅里只有小竹陪着文安。小竹看文安那仿佛雕塑般的脸隐藏在灯光深处,忽然好想走过去抱抱他。

她慢慢地走到他的身边,迟疑地伸出臂膀慢慢地搂住了文安,文安未动,她又轻轻地将头靠在他的身上。

"别伤心,娟子爱玩,她一会儿就会回来的!"小竹好想就这么一直抱着文安,好想就这么一直感受着文安暖暖的气息。

文安没有说话,只是静静地任由小竹抱着,思绪早已飘向了远方。

I wait
for you
in my youth

5.一首简单的歌

小竹的电话响了,是娟子的。里面传来一个陌生的男声,他说娟子喝醉了。

文安和小竹慌忙开车赶到了娟子喝醉的酒吧,此刻的娟子已经喝得烂醉如泥,她拉着那个男人的手不让他走。

男人见文安和小竹过来后,便将娟子交给了他们。

文安抱住了娟子。

"你是谁啊?你是我哥?走开啊哥!你把贝利给我找回来!贝利去哪里了啊?"娟子靠在文安的怀里撒娇。

"娟子!你醒醒啊!那个男人已经走了!我们一起去文安哥家吃蛋糕好不好?文安哥花了好长的时间帮你做了一个很大很大的蛋糕哦!"小竹一边帮娟子整理已经歪歪扭扭的衣服,一边温柔地哄她。

"什么蛋糕啊?我最讨厌吃蛋糕了!文安做的蛋糕我都快吃吐了!我这辈子再也不要吃蛋糕了!"娟子一边说着一边真的吐了。

文安的心一阵抽搐,英俊秀气的脸庞变得异常苍白。

"啪"的一声,小竹一巴掌打在了娟子的脸上。

我在
青春里
等你

"小竹!你干什么?"文安一下子抓住了小竹的手臂,小竹觉得自己的胳膊马上就要被握断了,泪水禁不住地顺着脸颊流淌了下来。

"我要打她!她太过分了!她把你当什么了!我心疼!我心疼!我心疼啊!"小竹深深地看着文安,看着这个在自己心里比任何珠宝都珍贵的男人,看着这个自己想小心翼翼去呵护、去照顾的男人却被另一个女人践踏到没有尊严,她的心终于崩溃了。

她原本以为自己会一直忍下去,无论怎么样自己都可以以一个朋友的身份陪在文安的身边,至少,让他在等娟子的时候不会太过于孤单。

可是,她高估了自己的承受能力,她无法忍受任何人对自己心爱的这个男人如此残酷,她不允许别人伤害他,可是更不想被他讨厌。

"文安,对不起,我打了你心爱的女人,你打我吧!我不会还手的!"小竹颓然地闭上眼睛,一行泪水毫无阻碍地奔涌而出。

文安没有说话,他无力地松开了小竹,默默地抱起娟子……

娟子一夜之间失去了生命里最重要的两个朋友。

文安跟谁都没有道别就在第二天离开了这座城市,甚至

I wait
for you
in my youth

都没有收拾行李。

小竹随后也消失在了娟子的生活里。

娟子后来收到了小竹邮寄给她的一张光盘,她此刻正在纠结于与贝利的感情,随手就将光盘丢在了书堆里。

时光飘过,娟子一直在情海里面沉浮,终有一天她拖着伤痕累累的心路过一家蛋糕房。透过蛋糕房那透明的玻璃窗,她看到那制作精良的蛋糕,猛然想起了今天是自己的生日。

她推开玻璃窗,买了一块巧克力蛋糕,就那样坐在门前吃了起来,吃着吃着便泪流满面,吃着吃着就失声大哭了起来。

那张永远憨憨地笑着的脸就着蛋糕的香味排山倒海地袭来,让她措手不及,她一直以为自己不在乎,一直以为自己不怕他们离开,可是,那悲伤其实就潜伏在她心灵的最深处,只等着她最为落寞的时候如飓风一般来袭。

那温暖的记忆让她的心一阵一阵地发疼,她抑制不住地飞奔回家一遍又一遍地找寻那张被自己随手搁置的光盘,终于在书架的底部找到了那张落满灰尘的光盘。

她急忙擦干了眼泪,双手颤抖地将光盘塞进电脑里,王力宏那温柔深情的声音弥漫了整间屋子。

"这世界很复杂,混淆我想说的话,我不懂,太复杂的玩

> 我在
> 青春里
> 等你

法,什么样的礼物,能够永远记得住,让幸福别走得太仓促;云和天,蝶和花,从来不需要说话,断不了依然日夜牵挂;唱情歌,说情话,只想让你听清楚,我爱你是唯一的倾诉。"

娟子听着这首歌,终于在他消失几年后体会到了什么叫痛彻心肺。

总有那么一个人,我们以为他永远都会包容自己,我们以为他永远都不会走,所以我们肆意挥洒着他对我们的爱,任性地践踏着他的宽容,最终,在我们醒来的某一天,才发现他已经消失在茫茫的人海中,再无处可寻,唯有那份回忆,温暖了整个生命的冬季。

I wait
for you
in my youth

有生之年,狭路相逢

在你最美的时光里,总是那么多的眼光追逐着你,你挑挑拣拣,总是找不到自己心里的那样一个形象,终于有那么一天,你远远地看到了他,宛若电闪雷鸣般,在心里认定就是他了,然而就算再相爱,现实还是会在两个人的心底留下一道鸿沟。

就算会想念,就算会忆起,却也不敢去牵手,总是怕梦想那么美,总是怕相爱太容易而相守太难,而不敢用一生去赌。

冉冉从小生得美丽迷人却又精灵聪慧,成年后更是婷婷玉立不乏人追,但是,她总是觉得自己的风景在远方。

她大学考到了省城,上大学的第一天,家庭条件极好的姑姑给她买了很多身高档连衣裙,长长的头发做了离子烫,顺滑地披在肩上,细细的高跟鞋子撑起了她笔挺的腰板,当她走进教室的一瞬间,就吸引了所有人的目光。

> 我在
> 青春里
> 等你

井然也是其中一个。也算得上是美男的他成了她的终极粉丝。

令井然意外惊喜的是,他们不但是同学,而且她在省城的姑姑和井然的爸爸竟然也相熟。有一次井然和他爸爸去参加一个晚宴,让他惊喜万分的是他看到冉冉竟也坐在那里,安安静静的。

他赶忙坐在了她的身边,百般向她套近乎,让他惊讶的是,平日里看起来安安静静的她竟然特别健谈,而且说起话来还特别好玩,本来他想逗她的,没想到却被她逗得笑个不停。

"你这水平不行啊!说两句,你就接不上话!就知道傻笑!"她一边喝汽水一边打趣他。

接触到她的目光,井然浑身宛若被电击一般,瞬间认定冉冉就是他命定的女神。

这个女孩儿真的是有好多面。安静起来宛若仙子一般,活泼起来又仿佛一个小精灵,简直就是小龙女和黄蓉的合体。

他在心里面下定决心一定要追到她。

这次晚宴后,他总是以他们两家是世交为由,时不时地去找她,请她吃饭,女友们都笑冉冉有了一个跟屁虫。

身为班草的井然天天跟着校花成了校园里的一道美景,

I wait
for you
in my youth

每次冉冉跟女友们在前面走着,井然就像保镖一样和几个兄弟在后面跟着,总是引起很多人的驻足观赏。

不过,慢慢地这个队伍的人越来越少,那浩浩荡荡的队伍逐渐变成了冉冉在前面走,井然在后面跟,因为冉冉的姐妹们都被后面井然的兄弟们勾搭去当女朋友了,就剩下他们两个了。

"我说井然!这都怪你!现在我的姐妹们天天都忙着谈恋爱,都没人跟我逛街、吃饭了!"冉冉想想就来气。

"哎呀!我这不在陪着你吗?不管你是想去吃饭还是逛街!我都陪着还不成吗?"井然打包票道。

"好!既然是因为你我现在落单了,你就得负责到底,以后无论我去哪里,你都得陪着我!不准以任何的理由退却!"冉冉下命令道。

"没问题!小的谨遵您老的吩咐!一定随传随到,您可以随时呼叫小的我!"井然一副阴谋得逞的样子,心里暗自得意起来。

其实这从头到尾都是他的谋略。之前,井然每天都以各种条件诱惑那些弟兄们把冉冉身边的妹子们追走,为的就是这一天。想到自己终于达到了目的,井然真是好想抱着柱子哭一会儿,这其中的艰苦,他一想起来就是大把辛酸泪啊。

不过现在,兄弟们天天都有妹子搂,可是自己还处于万

我在
青春里
等你

里长征第一步。

但是，一想到自己以后能够天天单独跟冉冉待在一起，他就觉得浑身都充满了斗志。

无论如何，他觉得冉冉就是自己的，任谁都抢不走。

从此他们两个每天都出双入对，虽然井然极力暗示，可是，冉冉仿佛根本就不往那上面想，她除了当他是个好朋友之外毫无进展。

就这样到了大四，朋友们都分了又合了或者另有新欢了好几拨了，这两个人还一直维持在好朋友的尺度上。

"从朋友到恋人究竟多少步骤，你永远只会静静看着我，期待着某天会萌芽结果，会不会就这样落空？我们是好朋友还只是好朋友……"

每次在KTV唱歌，井然总是会点这首歌并从头唱到尾，朋友们都让他去表白，但是井然觉得在自己这"司马昭之心路人皆知"的情况下，她如果还不回应的话，或许就是装不知道了。

一天，爸爸给他打电话，说是澜阿姨，也就是冉冉的姑姑给他介绍了一个姑娘，让他回家去相亲。

听到这个电话后，他的脑海里面第一个浮现的就是冉冉，接完电话他把宿舍里的哥们紧紧地抱了个遍，最后竟然激动得泪流满面。

I wait
for you
in my youth

他急匆匆地赶回家换衣服,父母没有想到他竟然会这么爽快地答应相亲,将提前买好的西装递给他。井然高高兴兴地打扮了一番,和韩剧里的男一号不相上下。他开着家里的车子直奔相亲现场。

一路上,他的心都在"砰砰砰"地乱跳,手心里全是汗。他开着车子,一边哭,一边笑,一边唱。

"我愿变成童话里,你爱的那个天使,张开双手变成翅膀守护你……"

他特意去花店买了999朵玫瑰花,这份爱,他等得时间太长了,还好,他告诉自己,他终于等到了。

他抱着一大束的玫瑰花走进了咖啡厅,找了半天却没有发现冉冉的影子。

"小然,在这里!"澜阿姨看到了他,便站起身来招手,他兴奋地一笑。但是,当他的眼光落在澜阿姨身边的时候,整个人如同被打了一记闷棍,蔫了。那个女孩根本不是冉冉。

女孩见他如此帅气逼人,简直可以和韩剧里面的长腿欧巴媲美,而且还捧着一大束的玫瑰花,立即如被丘比特之箭射中,怦然心动。但迫于自己是女孩儿,不好太过主动,于是娇羞地低下了头。

"小然,你傻站着干吗?快过来啊!"澜阿姨见井然依旧傻傻地站在那里,以为他没有听到,便再次挥手道。

我在
青春里
等你

"冉冉呢？"井然用尽了全身力气大声地问道，此刻咖啡厅里所有的人都停止了说话，转过头来看向这个帅气的男生。

"冉冉不是在学校里吗？"澜阿姨奇怪地看着井然。

井然宛若全身的力气都被抽空，玫瑰花颓然地落在了地上，他那炯炯有神的眼睛瞬间空洞了起来，只觉得心里空荡荡的，他转过身迈开步子就跑了出去，飞快地跳上了车子。

"冉冉，你为什么这么对我？为什么？"

他将车子开得飞快，难道，自己这四年的陪伴和等待还不能宣告自己对她的爱吗？为什么？为什么？

井然的车子飞快地冲进了校园里，他不顾保安地阻拦，直接往女生宿舍门前跑。他那俊美非凡的打扮吸引了很多女生的注意，很多低年级的学生被惊艳到了。

很巧的是，此刻冉冉正和舍友夭夭走到宿舍门口。

"张冉冉！你给我站住！"

井然大声地喊道，三步并作两步就拦在了冉冉的前面。

冉冉看着如电视剧里男主角一般的井然气喘吁吁地挡在自己的面前，并用一双红红的大眼睛瞪着自己，光亮开阔的额头上沁满了豆大的汗珠，不觉一愣。

"怎么了？井然？你这是干吗啊？跑得气喘吁吁的！"冉冉知道今天姑姑给他安排相亲，其实是她求姑姑给他安排相

I wait
for you
in my youth

亲的,她知道自己已经耽误了他四年,不想再耽误他了。可是,她没有想到,他会从相亲现场逃离,而直接来找自己。

"张冉冉,四年来,你难道不知道我对你的感情吗?如果你不知道,我现在就在所有人的面前告诉你,我井然爱张冉冉,我井然只爱张冉冉,我井然这一辈子只爱张冉冉!"

井然用尽全身力气呼喊着他对冉冉的爱,周围瞬间响起了剧烈的掌声,井然一把将张冉冉搂进了自己的怀里,泪流满面地想去亲吻同样满脸都是泪痕的张冉冉。

可是,他那温热的唇还没有碰到,冉冉就将他推开了。

张冉冉不知道该怎么面对他,她迈开步子大步大步地向学校大门的方向跑去。

"冉冉!冉冉!"

"追啊!追啊!追啊!祝福你们两个!"

井然在冉冉的身后追,而后面是女生宿舍所有女生的祝福,女生们激动了、疯狂了。她们不明白,为什么,这么好、这么专一、这么优秀的一个男孩儿用了那么长的时间追求冉冉,可是冉冉却不答应。

井然终于在校园的树林边追上了冉冉,他一把将冉冉拉进了自己的怀里,紧紧地搂着,仿佛害怕一个松手,冉冉就会从自己的世界里溜走一般。

"你放开我!放开我!井然!"冉冉在他的怀里拼命地挣扎。

我在
青春里
等你

"我不放！我不要放手！我不要松手！我爱你！我要娶你为妻！我要你做我井然的太太！"井然痛苦地哭着，紧紧地搂着，就是不放手。

"你放手吧！我不会选择你的！我毕业后就会回家乡的！而且我比你整整大四岁！我不会接受和一个弟弟恋爱的！"冉冉由于小时候上学特别晚，而井然又上学比较早，所以两个人才在大学的时候凑到了一个年级。

"就算我比你小！可是，我有责任心！我一定会好好地照顾你的！我一定会好好地照顾你一生一世！你就接受我吧！你看我穿西装的样子多成熟啊？"此刻，为了让冉冉看到自己的成熟，井然松开了冉冉。

冉冉此刻认真地看向井然，他是那么的英俊潇洒、帅气逼人，他那俊逸的脸庞上是无限的悲伤，看着他这个样子，她的心里也非常心疼，可是，她不敢下赌注，毕竟他比自己小这么多，她怕得到后的失去，怕激情后的冷漠，怕爱情抵不过流年。

所以，她才要放开，如若得到后会失去，还不如不得到，所以，她才选择要逃走，她害怕有一天自己会比他老得快，她怕自己有一天会失去他，她怕那么俊美非凡的他移情别恋。如果是那样，还不如得不到，还不如从来就不曾拥有过。

"我已经决定了，你回去吧！好好地相亲，好好地过日子！

I wait
for you
in my youth

我走了！别来找我了！我已经有男朋友了！是我家乡的！我会跟他结婚，跟他在一起生活！不要再把时间浪费在我的身上了，你配拥有更好的生活！"冉冉决绝地说完，转身就要离开。

"张冉冉，你骗我！你每天都跟我在一起，你根本就不可能有男朋友！你不要推开我行不行？我比你小难道就有罪吗？你竟然以这样的理由拒绝我！你太过分了！"井然飞快地上前挡住了冉冉的路。

"井然！我告诉你！我不喜欢你！我就是不喜欢比我小的男生！就算世界上的男人都死光了，我也不会选你的！请你离开！"张冉冉用尽全身力气向他说道，因为她知道，必须让他死心，他才能开始新的生活。

父母只有自己一个独生女，她必须回家乡，但是，她不想让在省城里有着美好一切的他跟着自己回那个鸟不拉屎的小县城。

如果他跟自己回去了，一开始或许没什么，可是，时间长了，爱情的激情褪去后，自己的容颜老去后，她不知道他会不会后悔。

她不想他后悔，不想让他受委屈，不想让他为难，不想他以后后悔，不想自己一生都生活在对他的歉疚里，她承受不起。

我在
青春里
等你

所以她必须决绝地拒绝他。

"你胡说!你是喜欢我的!你的眼里有我!我能够看得出来!你不要再闹了行吗?我们两个好好地相处行吗?你想去哪里我都陪着你去!"井然靠过来想要抱住冉冉,但是再一次被冉冉给推开了。

"井然,我的实习单位找好了!明天我就回家乡实习了!明天我的男朋友会来接我!你早点儿回家吧!"冉冉静静地看了他一眼,再次转身,决绝地离开了,留下井然一个人站在原地如坠地狱。

井然若没有灵魂的尸体一般亦步亦趋地走到女生宿舍前面,冉冉的宿舍就在一楼,他就在她宿舍的窗前整整站了一夜。

舍友们和姐妹们都骂冉冉太过于狠心,而冉冉却什么都不解释,如果不想跟他在一起,那么就要让他死心,她觉得自己这是对他最大的温柔。

即使他会恨她一辈子,也无所谓,至少,她不会看到他们在一起后的他的后悔。

第二天,她找了个在家乡比较铁的哥们来接自己回家,在外面站了一夜的井然就那么静静地看着那个被她称为男朋友的男人帮她提东西、搬东西。

他那俊逸的面庞上是深深的绝望,脸色更加苍白,他的

I wait
for you
in my youth

兄弟们赶来和他站在一起看着冉冉,还有很多平日里崇拜井然的小女生看着他那憔悴不堪的样子在旁边心疼不已。

一时间冉冉差不多成了全校公敌,她的"男朋友"被众人的目光注视得汗流浃背,心里暗自后悔不该接这份差事。

就在冉冉和男友上车的瞬间,井然强撑着最后的力气抱住冉冉说再见,然后静静地松开了她,踉跄着离开。

冉冉不敢看他那苍凉的背影,她怕破坏自己决绝的形象,让他留有幻想。

车子绝尘而去,从此井然和冉冉从每时每刻都腻在一起的朋友,成了天各一方的路人甲和路人乙。

井然着实颓废了一阵子,朋友们为了让他从"失恋"中走出来,前赴后继地给他介绍妹子,可他连看都不看。

他找到了实习单位,于是把所有的时间和精力都放在工作上,渐渐受到了所有同事的好评和领导的重视。

有一个叫小红的女孩似乎对他动了心,经常有意无意地跟他搭话。这天,正逢小红生日,小红很想邀请井然去为她庆生,于是主动走到井然的座位旁边。看到井然正低头发短信,于是装作很随意地问道:"你在干嘛呢井然?"

"没干嘛!"井然收起手机抬起头来看向小红,此时此刻,小红的脸就在距离他几厘米的地方,他震惊了。

眼前的这张脸分明就是冉冉的脸啊!那透着古灵精怪的

我在
青春里
等你

笑容简直就和冉冉一模一样。

"冉冉!"井然脱口而出,眼神一下子明亮起来。

"冉冉?什么冉冉啊?谁是冉冉啊?"小红有点儿丈二和尚摸不着头脑。

"你不是冉冉?"井然的声音一下子低沉了下来,眼睛里的光芒也转瞬消失,他这时才清醒过来,眼前的这个女孩只是跟冉冉长得相似而已,并不是冉冉。

"对不起,刚才我失态了!"井然又恢复了冷漠。

"没关系啊!"小红虽隐隐明白了些什么,但还是假装什么都不知道似的,因为她还要邀请井然去为她庆生呢。

"你找我有事吗?"井然抬起头来看向小红。这时,他发现,小红的眼睛和冉冉的眼睛简直是一模一样的,都是那种细细长长却熠熠发光的漂亮。

"今天是我的生日,我邀请同事们一起去给我庆生,你可不可以也来?"小红费尽了全身的力气将这句话说出来,然后便羞涩地低下了头。

"今天是你的生日?"刚恢复常态的井然震惊了,这个女孩不仅和冉冉长得像,甚至连生日都是一天!刚才他还想着要怎么发短信给冉冉祝福呢。

井然当即答应道:"好!我去!"

听到井然的回答,小红猛地抬起头,笑颜如花,而井然则

I wait
for you
in my youth

失神地看着小红,仿佛又看到冉冉出现在了自己的眼前。

当天晚上,在生日宴会上,小红当众向他表白,而他则在众人的目光中紧紧地抱住了小红,泪流满面。

他觉得这是上天看自己痴情,用另一种方式补偿自己,自己不能拥有冉冉,却拥有了第二个冉冉。

他把他和小红的合影发给了冉冉当生日礼物,她一直担心自己的未来,那么就让她心安吧,他如是想。

冉冉一整天都在等着井然的短信,当收到他的彩信的时候,看着他怀里的小红,无论眉眼还是笑容都宛若自己一般,她的心痛了,痛得无法呼吸,痛得天崩地裂。

一瓶红酒,一小块蛋糕,昏暗的灯光里,原本要一个人庆生的冉冉现在连这点心思也没有了。手机屏泛着幽幽的光,一张照片无比清晰地呈现在冉冉的眼前——一个眉眼与她有七八分相似的女孩一脸灿烂地靠在井然的身边。

她应该开心才对啊!当初是自己先转身的,是自己先舍弃的,现在的井然不正是她所希望的吗?可是,为什么此刻自己的心好痛!

放弃了,就不可以回头。有时候,我们并不是不爱,而是——不敢爱。

半暖的感情无法取暖

I wait
for you
in my youth

半暖的爱情无法取暖

夜色下,星辰漫天,芝麻抱着一杯咖啡,站在宿舍的阳台上,整个身子都靠在凭栏处。今天是她的生日,她一整天都在等着宥天的祝福,可是,让她失望的是,尽管她不停地刷自己的手机,依旧没有宥天的讯息。

他又半个月没有和自己联系了,自己给他发的信息如石沉大海,给他打的电话永远无人接听。她看着远处的地平线算了算,自己和宥天这样断断续续地"交往"已经有两年了。

这两年里,他有的时候会天天给自己发信息、打电话、给自己买名牌包包、约自己去吃饭、和自己在操场散步,这个时候的他体贴、浪漫、温馨。但更多的时候,宥天就像现在这样,无声无息,无影无踪。

芝麻时常会问自己,他们之间这样若即若离到底是为什么。

也许是缺了那一层的承诺,所以,芝麻不确定这个男人

我在
青春里
等你

是不是真的属于自己。

所以,在自己做恶梦的夜里,不能打电话给他求助。

所以,在看到他和别的女生在一起谈笑风生的时候,自己没有身份吃醋。

所以,在自己最为难过的时候,不能要求他陪在自己的身边。

可是,芝麻清楚自己恋上他的感觉,那是一种日思夜想,是一种患得患失。然而,他暧昧不清的态度和她女生的矜持让她一直就陷在和他这样时近时远的关系里不能自拔。

宿舍里的姐妹们看着她和宥天这样耗费着自己的青春,都有点儿忿忿不平地道:"那个宥天到底怎么回事啊?他是故意这么吊着你玩的吧?你是要陪他暧昧到毕业吗?"

每每到这个时候,芝麻总是低着头不说话,她能说什么呢?在这场半暖的感情里面,谁认真谁就输掉了,很显然,她已经输掉了开头。

她一直在默默等着他的垂怜,他出现的时候,她便努力地陪他玩耍,百般地讨好他。他不在的时候,她又牵肠挂肚地默默地等着他出现。

他从来都没有说过她是他的什么人,所以,她也只能这样远远地等着他来找自己,而不敢去打扰他的生活,她怕他会生自己的气,怕他一生气便再也不联系自己。

I wait
for you
in my youth

夜深了,她看着远处的星光,心里寒冷到了极点。

这样的感情,让她觉得很是憋屈,不远不近,半暖半冷,距离近的时候,她不敢确定那份温暖是属于自己。距离远的时候,又让她不忍舍弃,在这场冷暖参半的感情里,芝麻觉得自己受尽了心理上的折磨。

"芝麻!别傻等了,过来吃蛋糕吧!"

桔桔和秋秋走了过来拉芝麻进屋子里吹蜡烛,而乐姐已经将买来的现成的小菜摆满了小桌子。

虽然有很多小伙伴给自己庆生,可是缺了宥天的那一声祝福,芝麻还是觉得心里有那么一个空缺,酸酸的,让她的快乐也少了一半。

"许愿!许愿!许愿!"

在舍友们快乐的起哄中,芝麻闭上了眼睛,心里竟然冷不防地跳出了一个声音。芝麻闭着眼,压下心头的慌乱。虽然无数次地念想过,但从不敢奢求,怕希望越大,失望越大。

"芝麻,你许的什么愿啊?是不是和宥天有关啊?别否认,你的眼神出卖了你!哈哈!"桔桔打趣芝麻道。

"哎呀,芝麻啊,不是姐姐说你,那个宥天虽只比我们高一年级,但心机却深得很,我还是觉得他不适合你!"乐姐给芝麻切了一块蛋糕。

"芝麻啊,我觉得你还是早点儿为自己打算吧!我让我的

我在
青春里
等你

朋友打听他来着,他竟然说根本就没有追过你,跟你并不是很熟!本来,我不想说,可是,我觉得你是越陷越深了!"秋秋有些担心地看着芝麻。

"是啊,芝麻,我还听说他跟咱们学校的一姐白姐走得特别近,最近一直见他和她一起吃饭、散步!"桔桔也赶忙说道,话出了口又怕芝麻承受不住,就没再接着往下说。

原来,一直都是自己在自作多情,芝麻的心凉了,她狠狠地挖了一大块蛋糕塞进嘴里。她和白姐的交情也不错,前几天和她吃饭的时候,她还跟芝麻提起了宥天,说起宥天,就连一向以女霸王自居的她竟然也一脸的幸福。

当时,她还安慰自己,有女人喜欢他也是因为他有魅力啊。

可是现在,现实是如此的残酷,更让她伤心到极点的是,她仿佛根本就没有任何的资格吃醋。

虽然他有的时候会宠溺地刮自己的鼻子,爱昵地拍自己的头,会在深夜里面含情脉脉地给自己发一句"有你真好"这样温暖的信息,可是,他从来就没有明确地告诉自己,他喜欢自己。

三年了,自己就连他是否喜欢自己都不确定,这是怎样的荒诞呢?自己或许就是传说中的备胎?又或许,自己连备胎都不是吧?

I wait
for you
in my youth

想到这里,她喝了一口啤酒,随即捂着脸大声地说:"这酒好辣啊!辣得我眼泪都出来了!"

就这样,又过了一周,眼看国庆节就要到了,宿舍里的姐妹们都和男朋友们定好了节目,芝麻百无聊赖地躺在床上思考着自己是否用这七天的时间做个兼职。

五一的时候,她在苏宁做过促销,一天100元,待遇还算不错。国庆节七天,就可以赚700元了,这等于她一个月的生活费呢,想到这里心里就禁不住地雀跃起来。

"叮咚",这个时候,手机来了信息,她焉焉地拿起了手机,当她看到那个名字的时候,一下子坐了起来。

是他!

芝麻的心此刻又不争气地"砰砰砰"地乱跳了起来,她颤抖着双手打开了信息。

"国庆节打算怎么过啊?"

"还没想好呢!你怎么过啊?"

芝麻慌忙回复道,原本的怒气和指责,竟然就完全让这句话给冲散了,消失得无影无踪。

"那我们一起去旅游怎么样?"

芝麻揉了揉眼睛,看着手机上他发来的这个信息,心情激动到不行。

"一起旅游?"

我在
青春里
等你

  芝麻在慌乱中冷静了下来,他们算是以什么身份去旅游呢？情侣？朋友？还是校友？

  芝麻有些举棋不定,拿着手机心里仿佛有很多的小鹿在撞。

  "怎么办？去还是不去？怎么这个时候,大家都不在啊？"

  芝麻拿不定主意,着急地想撞墙。

  "去哪里旅游呢？"

  经过几分钟的犹豫,芝麻终于下定了决心,不管怎么样,她就是不甘心,她打定主意一定要在这次旅游中好好地问问他,到底是怎么看待他们之间的关系的。

  "我们去城外爬山吧！不过估计晚上回不来了,我们得在那里的农家乐住一晚再回来！你看怎么样？"

  看到他发的信息,芝麻更加紧张了,白嫩的脸庞立即红到了脖子根,她忽然感觉到自己这次和他一起去度假或许会发生什么事情。

  "好！"

  芝麻狠了狠心将一个"好"字发了过去。

  然后手机没有了声响,芝麻的心却久久不能平复,她捂住自己滚烫的脸颊,闭上眼睛,开始幻想着自己和他的旅程。

  无论发生什么事情芝麻都决定认了,反正她就是真心爱他的,最重要的是她一定要弄清楚他到底是怎么想的。

I wait
for you
in my youth

那日很快到来,在客车上,他们像男女朋友一般互相喂着食物,太久没见,更是有很多的话要说。

不知不觉间就到了目的地,芝麻和宥天先将行李放到农家乐后,就去爬山了。

宥天很自然地搂着芝麻的腰肢,芝麻也顺从地依偎在他的怀里,漂亮的脸颊仿佛是红透了的苹果,俊男靓女的组合更是吸引了很多游人的目光。

芝麻一边幸福地沉浸在二人世界里,一边不止一次地掐自己的双手,确认这真的不是梦境。

夜色降临了,游客们都回到了农家乐,芝麻和宥天也回到了那个幽静的小院子里。

两个人一边吃着晚餐,一边有一搭没一搭地聊天。

不知道为什么,宥天开始炫耀起自己家的财产来。他说了自己父亲的发家史,又说道自己就是喜欢宝马车可是父亲偏要买奔驰车,害得他生了很多天的气。

芝麻听着听着便有些不耐烦地看向了窗外,到了此刻,她忽然有些觉得自己并不了解眼前的这个男孩,她不喜欢男孩子自夸家里的家世,她觉得一个男孩要有独立对抗这个世界的能力。

宥天并不知道自己已经惹芝麻不高兴了,还在喋喋不休地说着他父亲喝的名贵茶叶。

我在
青春里
等你

芝麻收回自己看向窗外的目光,视线落到了宥天那闪耀着光芒的尾戒上,心里突然凄凉起来,她想起了自己这次来旅行的目的,便假装好奇地问他道:"怎么着?还戴着尾戒啊?你是单身主义者吗?"

"呵呵,嗯!"

宥天将一块鸡肉吞进肚子里,有些尴尬地点了点头。

他继续低着头吃肉,看不到他的表情,可是,芝麻此刻心情却沉到了最底点。

暧昧就是这样,你明明就想怒不可遏地对他发火,却没有任何身份去那么做。

"他如果是独身主义,那我算什么呢?"

芝麻不再说话,心烦意乱地胡乱吃了几口。

夜色深了,两个人各自待在自己的单人床上,看着电视,芝麻心里还在想着宥天单身主义的言辞,心如刀割。

"今天爬山太累了,我先睡了!"

芝麻拽起被子,整个身子都躲进了被子里。

过了不久,芝麻感觉到自己被一个滚烫的身子给抱住了,她没有挣扎,来之前她就做好了飞蛾扑火的准备,尽管此刻她的心里是那么的痛苦,可是她还抱着一丝希望,那样卑微的希望。

从来都没有与男孩儿近距离接触的她,只是乖乖地躺在

I wait
for you
in my youth

他的怀里,任由他亲吻着自己的脸颊,她闭着眼睛,心里想着,或许这一夜之后,他就是属于自己的人了。

宥天不停地亲吻着芝麻的脖子,热烈如火,而就在宥天想要进一步发展的时候芝麻的手机响了。

两个人忽地清醒了过来,宥天迟疑了一下,便回到了自己的床位上,盖上被子,不再有任何的行动。

爬了一天的山,芝麻也累了,没一会儿便沉沉地睡去。

第二天一早,芝麻一觉醒来睁开了眼睛,看到宥天正坐在他那边的床上看电视。

"怎么起得这么早啊?"

芝麻揉了揉眼睛问道。

"嗯,没怎么睡好,你倒是睡得跟死猪一样!"

宥天跟没事儿人似的转过头来嘲笑她。

"哦!"

芝麻想起了昨夜他吻自己的场景就有些不好意思,脸立即红到了脖子根儿。

"我临时有点儿事,我们吃完早餐就回学校吧!"

宥天看着电视,并没有转过头来,芝麻看着他的侧脸,有些发愣,接着喏喏地说道:"好!"

从汽车站出来,宥天便拦了个出租车。

在出租车上,两个人都不说话,宥天沉默地看着窗外,不

我在
青春里
等你

看芝麻。

眼看着就要回到学校了,芝麻有些着急了,她想这次自己一定要弄明白他的心意,自己再也不想这样不明不白地和他耗下去了。

于是,她拉过他的手,在他的手上用手指写下:"你爱我吗?"这四个字,然后抬起头来,认真地看着他。

然而他却不自然地笑着说:"写的什么啊,不懂!"接着便将手抽了回去。

那一刻,芝麻仿佛觉得整个世界都崩塌了。

一路无语,她迷迷糊糊地回到了宿舍里。

她没有哭,而是将手机关机,在宿舍里昏天暗地地睡了四天,直到乐姐回来,才看到仿若女鬼一般的她。

看到乐姐,她扑倒在她的怀里哭了个天崩地裂。

她就这样将手机关机了一个月,虽然心里有着万般的不舍,但是她很清楚,如果宥天真的想要找她,他可以打宿舍电话,也会来宿舍门前找自己,学校就这么大还找不到吗?

可是,他没有。

而她的心也彻底死了。

一个月后,她打开了手机。

手机上除了朋友们的电话和短信外,他的只有三个短讯,短讯上依旧是那些不疼不痒的内容。

I wait
for you
in my youth

在他的心里,自己应该就是那种食之无味、弃之可惜的角色吧,所以,他才这么不远不近地吊着自己,没有承诺,只有那半暖不暖的暧昧。

芝麻冷冷地一笑,便把他的短讯全部删掉。

又过了半个月,芝麻的心渐渐地平复了,这天她正和舍友们围在笔记本电脑前看鬼片,手机短讯的声音突然响起,芝麻拿起来一看是宥天的。

芝麻微微地蹙了蹙眉,但是依旧打开了短讯。

"干吗呢?想你了!"

芝麻此刻看到这个短讯,心里竟然有种恶心的感觉。

她站起身来,站在窗口前,认真地回了讯息。

"我想结婚了!"

她将生日那天自己许的愿转化成了短信,告诉了他。从来在她的人生观里,恋爱就是要奔着结婚去的,可是,她却和这个男人以不是恋爱的关系拉拉扯扯了两年,她觉得这场不是恋爱的感情耗费了她大半生的情感。

"我也想结婚了!"

宥天回复信息道。

看到这个答案,芝麻觉得浑身发冷,她不禁紧紧地抱住了自己的双肩,她仿佛看到了他用那嘲讽和戏弄的笑容拿给别人看,更看到了一宿舍的人起哄,然后某个舍友抢过他的

我在
青春里
等你

手机,打下了这几个字。

经过了两年的暧昧,芝麻终于知道自己想要什么了。自己想要的那个男人不一定优秀、不一定完美、不一定有钱,可是,他会在所有人面前,拉起芝麻的手,霸气地说:"这个女人是我的!谁也不要和我抢!"

芝麻的嘴角扬起一道凄然的笑容,接着她便将宥天的电话号码拉进了黑名单,然后若无其事地继续看鬼片。

很久后的一天,芝麻在楼道里看到了宥天和一个女孩儿并肩走着,那个女孩儿很开心地想要靠近他,他却一副要躲的样子,一副怕别人看到似的样子东张西望。

远远地看着,芝麻仿佛看到了以前的自己,有些失神地站在了原地,直到他们迎面走来。

宥天看到了她,脸上挂着尴尬的表情,芝麻给了宥天和女孩一个大大的笑容道:"你女朋友真漂亮啊!"

看着女孩儿那雀跃的表情和宥天那欲言又止的样子,芝麻大大方方地走开,虽然还有不甘、还有辛酸、还有愤怒,但是她知道,她必须离开那半暖不暖的暧昧,在这个世上一定有一个真正属于她的男人会用他全部的身心来温暖她的一生。

I wait
for you
in my youth

站在离你最近的地方看你幸福

在邮箱里看到舍友青青结婚的照片,照片里的她幸福而安详地坐在那里,美丽得不可方物。她终于还是嫁到了林笙所在的那个国度,她终于还是放下了心里的那道坎。不再纠结,不再胡闹,不再作践自己,只是安安静静地不远不近地看着他,祝福他。

我发信息祝她新婚快乐,并问她这样子觉得幸福吗?她回复了一个幸福的表情,然后说道:"有些人,只要默默地爱着就好了,不去苛求,不再奢望。"我只希望,离他近一点儿,近一点儿,再近一点儿!世界那么大,人生那么短,我多么害怕一个转身就再也无法见到他那张熟悉的脸!所以,无论他走多远,我也会慢慢地跟着,站在离他最近的地方看着他幸福!"

看到她的回复,我的心被扯得生疼,这个女孩子,一直活在自己那场自导自演的爱恋里,无法自拔。或许,人的一生中,总有那么一个人,能让你放下所有的尊严,让你拼尽力气

我在
青春里
等你

也无法忘却、无法拥有。或许,他的存在就是你的劫数,或许,他的存在就是你无法逃脱的宿命,你只能站在时间的边缘上,看着他历经流年,默默随着他度过一个人的时光。

她叫安青青,曾经她成了我们全校的单身公害,曾经她为发泄心中的恨与不甘,专门勾引别人的男朋友,曾几何时,她拆掉了很多对情侣。

可是,不管拆掉多少对情侣,勾引到多少个男朋友,她都感觉不到快乐,她总是恨恨地说:"看到了没?男人就是贱!他们可以为了一个漂亮女人而抛弃对他好了那么多年的女朋友!所以,所有的男人都不值得爱!"

每次她成功地拆散一对情侣后,她都要大醉一场,直到吐得昏天暗地。酒醒后再继续寻找下一个要拆散的目标,乐此不疲。

然而,最初的安青青其实是美丽而纯真的。

第一次见她的时候就被她惊为天人的气质所折服了,当我提着大包小包的东西推开宿舍的门的时候,一个穿着白色百褶裙、金黄卷发的女孩儿正坐在书桌前看书。听见门被推开的声音,她抬起头来,温柔安定的目光落在我的身上,随即莞尔一笑说道:"你好!有什么可以帮忙的吗?我是你的舍友安青青!"

我竟然看呆了似的呆在了原地,原来这个世界上真的有

I wait
for you
in my youth

这么好看的人啊！我在心里面深深地感叹，随后，我和青青便成了无话不谈的好朋友。我们一起上课，一起吃饭，一起自习，一起运动，一起逛街，甚至连睡觉都一起。

她是我们班的班花，很多的男生追求她，可是，却都被拒绝。很多男生为了了解到她的资讯，便主动地靠近身为她好朋友的我，但是，都是徒劳。

安青青根本就不接受任何人的求爱，久而久之，竟然传出了我和青青才是一对儿的说法。

乍听到这个说法，我义愤填膺地跟她说："我一定要看看到底是谁散布的谣言，决不能轻饶他！"

可是她却不慌不忙地将被她用小刀切成小块的苹果放进口中神情悠然地说道："无所谓啊，他们爱怎么说就怎么说呗！我不在乎！"

我瞬间石化。

"姐姐，你不在乎我在乎啊！我心里还有喜欢的学长呢！如果他也认为我是同性恋，那我不是彻底没戏了？"

我垂头丧气地一屁股坐在了宿舍的床上，静姐和兰兰哈哈大笑了起来。

"萱萱，对不起！都是我连累你了！"青青看着我不高兴的样子，立即过来安慰我。

"青青啊，你为什么不考虑找个男朋友呢？那么多追你的，

我在
青春里
等你

难道你一个也看不上吗?"静姐从床上坐起来,奇怪地问道。

我和兰兰也狠狠地点着头,表示静姐的问题很到位。看着我们一脸的期待,青青便向我们诉说了她的爱情。

青青有一个和她青梅竹马的邻居大哥哥林笙,他们两家是世交,青青从小就喜欢跟在林笙的身后,而林笙也乐得保护她,青葱岁月里,青青就从心底慢慢地将林笙当成了自己的爱人。

她会做很多只有女朋友才会做的事情,比如经常跑去他家给他洗衣服,帮他做饭,给他织围巾,惹得林笙的妈妈总说:"以后找媳妇儿就找青青这样儿的!"

青青每到这个时候总是羞红了脸,柔柔地看着林笙,而林笙每次却都拍着她的头说道:"恐怕在这个社会像我妹妹这般贤良淑德的难找咯!"

青青每次听到这样的话,都想很大声地告诉他:"我不是你妹妹!我是安青青!"可是,少女的矜持却总让她话到嘴边却说不出来,而后来从林笙找的女朋友来看,他也确实没有按照安青青的样子找。

林笙找的女朋友都是那种活泼、独立、有主见类型的,她在林阿姨和妈妈的聊天中得知,都是林笙给她们做饭、洗衣服。林阿姨每每谈及都是一阵感叹。

每到这个时候,安青青总是在自己的屋子里面默默地哭

I wait
for you
in my youth

泣,林笙的女朋友走马观花似的换,而青青却始终一个人。每次失恋,安青青都陪在他的身边看着他喝得大醉,任他吐自己一身,然后把他送回家,默默地打扫干净再回家。

林笙要去国外读书了,走之前的那一夜在家里开PARTY,青青喝到吐,这次是她吐了他一身,是他将她送回家,打扫干净才回的家。

第二天,青青从醉酒状态里醒来的时候,林笙的飞机已经起飞了,青青在家里哭得昏天暗地,不能自持。

本来她也想考去国外的,但是考试那天发高烧以至发挥失常,她和他所在的学校擦肩而过,她读大一的时候,他在国外读研究生。

她静静地跟我们说:"我相信笙哥会回来的!等他回来,我一定要跟他表白,一定要让她娶我!"她那漂亮迷人的眸子里全部都是希翼,而我们几个听完后,却都沉默了,我们无一例外地觉得,她的希望或许就是自己自导自演的一个梦。

男人这种生物,如果真的喜欢一个女孩子的话,他肯定会迫不及待地宣告主权,又怎么会让她苦等那么久。可是,我们都没有说出来,因为看着她那张美丽的小脸儿是那么的惹人怜爱,我们不忍心……

我们的大学时光就这么迷迷糊糊地过了两年,我已经成功地钓到了我的学长大人。可是,青青依旧一个人独来独往,

我在
青春里
等你

独自学习,独自等待,独自盛开。

青青是本地人,每周末都回家。那次周末回家后,学霸的她竟然旷课两天,而且电话还关机打不通,我们整个宿舍都不淡定了。

"怎么回事啊?旷课两天?这对于我们是正常的,可是放在青儿身上也忒不正常了!"静姐担心地说道。

就在我们纠结着要不要一起去她家看她的时候,这丫头悄没声息地就走了进来,本来坐着的我们不由地扑向她给她一顿打。

"你怎么回事啊?怎么会旷课呢?病了?还是怎么了?"我焦急地一股脑儿就把心里的疑问说了出来。

"我……"青青却一脸羞涩地欲言又止。

"这是怎么了?脸那么红?难道是发烧了?"兰兰忙拿手捂着她的头测试温度。

"没有……"青青抱住兰兰,轻柔地说道,烟波潋滟地看着我和静姐!

"喂喂喂!小青青!你能清醒点儿吗?你这是朝我俩放电吗?"她那电力十足的眼神,我和静姐是真的招架不住。

"是啊!青青你发情期是不是到了?要不我们给你找个男朋友吧?"我捂住我那被她电得"突突突"乱跳的小心脏,咽了口口水道。

I wait
for you
in my youth

"嗨!能行吗你们?姐妹们为我欢呼吧!我的笙哥哥回来娶我啦!"青青兴奋地抱着兰兰跳了起来。我们这才明白她这几天的消失原来是在陪她的笙哥哥。

"怎么个情况?"我们把她摁在了凳子上,然后神情严肃地开始审她。原来,这个周六林笙研究生毕业回来了。

而对于林笙来讲,毕业就等于分手,他的国外女友不同意跟他回国发展,而周末的晚上,安青青就在西餐厅为林笙接风。

本来青青是打算表白的,可是和以前一样,整顿饭又是林笙在向青青诉苦,然后痛苦地喝酒。而青青则痛苦地看着他痛苦,然后泪奔到无法自持。

后来林笙喝多了,然而这次青青没有送他回家,她动了小心思,将他送到了附近的宾馆然后上演了电视剧里狗血剧情的现实版,林笙将她当成了自己的前女友,而青青则完成了自己从小到大的梦想,成功地成为了林笙的女人。

"不是吧……你们?"

我们震惊地看着巧笑嫣然、眉眼含笑的安青青,除了激动,却也不由担心林笙会不会对她好,毕竟,林笙是将她当成了自己的前女友。而且,她告诉我们,林笙并不打算公开他们的恋情,而她当然答应,只要能够和他在一起,无论怎样她都愿意。

事实证明女人的直觉都是对的,不到一个月,林笙决定去法国找他的前女友,同时提出和安青青分手,并告诉她自己只

我在
青春里
等你

是把她当成妹妹,每次和她在一起都充满了极大的罪恶感。

青青回到学校后,三个月没有回家。她经常不去上课,也时常不吃饭,只一个劲儿地睡觉,从白天睡到晚上,再从晚上睡到白天。

那天,她在睡得迷迷糊糊的时候接到了一个电话,之后就疯疯癫癫地又哭又笑了起来。她就那样在又哭又笑的状态里过了一天。

任我们怎么问她她都不肯说发生了什么事。第二天一早,她便起来梳洗打扮,穿上了她最喜欢的粉色蕾丝连衣裙,镶钻白色高跟鞋,头发低低地盘了个发髻,只是脸上的妆,她哭花了再化,化好了又哭花,就这样整整化了一个上午,才彻底画好,而我们也陪着她哭了一个上午。

"萱萱、静姐、兰兰!笙哥哥明天结婚!林阿姨让我当伴娘!"她站起身来,有气无力地说完,便紧紧地咬着下唇,走出了房间。

我们不知道她是怎么熬过那一整天的。

我们不知道她在婚礼现场会不会哭。

我们只能默默地祈祷她早日走出这片阴霾。

从婚礼回来后的她仿佛变了一个人,她开始喜欢化浓妆、穿个性的衣服,喜欢向正和女朋友手牵手的男生抛媚眼。

一开始我们以为她只是受了刺激并没有放在心上。

I wait
for you
in my youth

  慢慢地才发现,她完全开始自暴自弃,不停地作践自己,以拆散别的情侣、抢别人的男朋友为乐。得手后又分手,然后彻夜买醉,无论我们怎么劝,她都不说话,只是默默地抽烟。

  一晃就到了大四,每个人都忙碌了起来,我们都开始到各自的实习公司去实习,而青青因为是本地人,不再住校,我们见到她的机会越来越少,偶尔聚会的时候,浓妆的她也是沉默着不与我们交流。

  人们说女人只有在想要掩饰自己内心的时候才会化浓妆,或许现在的她就是想用浓妆来掩盖自己的无限悲伤。她渐渐地和我们走远,和所有人走远,和她原本的自己走远。

  毕业后,不在一个城市的我们联系更少了,只知道,她在一家外企工作。

  现在看着她在婚礼上的照片,干净典雅的妆容带着岁月静好的微笑,我想她终于从那段伤痛里面走了出来,不再勉强别人,更不再勉强自己。

  或许这个世界上,真的有那么一个人,他在你的心里是所有的阳光,而你在他心里却只是微尘一粒。

  可是,那又怎样呢?我爱你是我自己的事情。茫茫世界,纵然你早已忘记我,而我却害怕弄丢了你,只好站在这离你最近的地方看你幸福,我不打扰你,就这样静静地就好,静静地看你幸福就好……

我在
青春里
等你

广岛之恋

有些爱恋,有些执念,注定得不到结果,原本就不同路的两个人,在交汇的瞬间,闪出火花,而迷乱之中,最终将会误己误人,将原本坦荡的人生路搅得不堪其扰。

"你早就该拒绝我,不该放任我的追求,给我渴望的故事,留下丢不掉的名字……"KTV包厢里,李翔和阿菲正在唱着这首《广岛之恋》,周围的朋友一阵起哄,静雯的心里一阵心虚,坐到了旁边的沙发上。她想这首歌或许所有的狗男女应该都唱过吧?

她想到了《不归路》那部小说,想到了那个女主最终的结局,突然间有一种浑身发冷的感觉,觉得自己的结局或许也会像那个女人一般地卑微而没有未来,最后只是把所有的生活的希望都寄托在那个男人的身上,想想她就觉得可怕。

不明白自己为什么会走到这一步,为什么会爱上一个有

I wait
for you
in my youth

妇之夫。如果感情能够控制的话,她真的希望能够回到刚刚认识他的时候,而到了此刻,她却没有办法回头了。

第一次见到阿翔的时候,是因为公司的一项策划活动,这项活动是静雯的公司和阿翔的公司合作召开的,而阿翔和静雯都是活动的策划人,记得当时他高高瘦瘦的,身上穿着淡蓝的衬衣和黑色的裤子,脖子上挂着工作牌,一副标准的金领人士的样子。

他看着静雯眉眼笑弯的样子,伸出手来和静雯握了握手,并介绍了自己的名字。他非常健谈,而且工作能力也非常强,这让静雯在原本枯燥的工作中得到了一些乐趣。

每天晚上工作完后,阿翔都会请静雯去喝咖啡,吃西餐,两个人天南海北地聊着,很是投机,而静雯唯独没有和他聊双方的家庭状况。

除了白天在一起工作,晚上在一起吃饭,回到家的时候,他还经常会给她发信息。她也不反感,反正闲着也是闲着,这个男人还是非常得有意思、有情调的。

久而久之,她和他的心里面都有些小触动,静雯更是一天见不到他都会觉得有些失落,这时她才明白,原来,男女长时间在一起,爱情就好像暴风雨一般会突然降临。

爱情在两个人的心里面发酵,但他们的合作活动就要结束了,他们一起策划的活动特别成功。已经深深爱上阿翔的

我在
青春里
等你

静雯还无法确定阿翔的心,在两家合作公司召开的庆功宴上,她只好不停地喝酒,最后酩酊大醉。

阿翔自告奋勇地送她回家,在打开房门后,静雯紧紧地抱住了阿翔,嘴里低低喊着:"别离开我!不要离开我!可不可以不要离开我!"

爱意蔓延了整个房间。阿翔离开静雯的家的时候已是后半夜了。

第二天,热烈的阳光刺醒了静雯,看着窗外已经升起来的太阳,想着昨夜阿翔的拥抱,静雯的嘴角扬起幸福的笑意。

从这以后,阿翔一有空就来静雯这里,只是晚上无论多晚,他都会回家,虽然静雯心里面有时候会有些奇怪和不高兴,但是她并没有表现出来。在她的心里面,能偶得到他已经很开心了,所以,她不想再有什么奢求。

他们就这样度过了很愉快的半年时光。一天,阿翔去浴室洗澡,静雯百无聊赖地翻看着杂志,忽然阿翔的手机响了。

静雯拿过手机一看是一条微信,于是顺手点开。

"老公,今天孩子有点儿低烧,你回来的时候记得带药!"看到这条短信后,静雯的心跳仿佛一下子就停止了,大脑一片空白。

仿佛只是一瞬间,又仿佛过了一个世纪之久,阿翔从浴室里面出来了。他看到静雯呆呆地站在那里一动不动,手上

I wait
for you
in my youth

还拿着自己的手机,忽然间意识到了什么。

"你知道了?"

"为什么不告诉我?"静雯缓了过来,泪水一下子就喷涌而出。

"你没问,所以我……"

"我们分手吧!"

静雯怎么也没有想到自己会沦落到跟另一个女人抢男人的地步,她此刻忽然觉得以前所有的那些画面全部都那么恶心。

她竟然被阿翔骗得那么惨,他有老婆更有孩子,简直太滑稽了,自己以前那么清高,这样的男人不找,那样的男人不找,最后却找了一个有夫之妇。

她忽然明白了,为什么阿翔每天晚上无论多么晚都要走,都要回家,她此刻觉得自己是那么的可怜,以为终于找到一个可以托付终身的人,却所托非人。

"你赶紧回家吧,你的孩子发烧了!你老婆让你买药!"静雯收拾好泪水,淡淡地说道。

"阿雯,你别离开我好吗?我真的舍不得你,在这个世界上我最爱的人是你!真的!我和她在一起主要就是因为孩子!"阿翔竟然跪在了地上,抱住她哭了起来。

阿雯不知道自己是怎么妥协的,可能真的是舍不得他,

我在
青春里
等你

舍不得这段爱情,他们继续保持着这段关系。

这天,她和朋友们在KTV唱歌,她把他喊了过来。

她点了一首《广岛之恋》,唱着唱着,她忽然间觉得自己已经将自己的人生推入了一个深不见底的深渊。更可怕的是,她不知道以后的人生会走向哪个方向。

暴风雨来得比她想象中要快。

很快,阿翔的妻子给静雯的领导写了一封信,领导看了这封信后便叫静雯来谈话,并让她主动辞职。

没有了工作的静雯整天浑浑噩噩,更将希望寄托在了阿翔的身上。阿翔对她也没有了先前的温柔,动不动就甩脸给她看,甚至于拳打脚踢。

静雯过得如此卑屈,但却依然舍不得放弃,更何况,现在的她也只剩下他、只有他了。所以她觉得无论如何都要挽回他的心。

这天,是她和阿翔认识的一周年,她特地做了阿翔最爱吃的口水鸭,想好好地庆祝一番。

餐厅里面的餐桌上铺着漂亮的桌布,餐桌的正中央是她做的精致的四菜一汤,她还开了两瓶红酒,并在桌边摆了一圈玫瑰花。

她自己也穿上了一件乳白色的白纱裙,画上了淡妆,将头发精心地做了个发髻。

I wait
for you
in my youth

她看着镜子中的自己,满意地笑了笑,只是心里还是有一些凄凉。

"值得吗?"

她淡淡地问着自己,心里的感觉五味杂陈。

终于,期盼已久的敲门声响了起来。

"他来了!"她心里欢呼着,开心地跑过去开门。

"翔……"惊喜变成了惊讶,门外站着的不是翔,而是一个身材略显臃肿的但是穿着高贵的女人。

"你是?"

静雯的笑容僵硬在了脸上,有些心乱地问道。

"我是李阿翔的妻子!我想和你谈谈!"对方冷淡地说道。

"呃……"

静雯此刻大脑有些短路,不知道该怎么回答,而那女人直接推开了静雯走了进去。

"呵呵,你这是准备和阿翔一起过周年庆吧?"女人看到桌子上的饭菜冷笑道。

静雯低着头,不知道怎么回答。其实,面对这个女人,她自己也是很愧疚的,虽然事先不知情,但是,错了就是错了,没有回旋的余地。

"不用等了,他不会来了!"女人居高临下地看着她,语气强硬。

我在
青春里
等你

  静雯抬起头来,静静地看着她,不说话,只是心里有着深深的失落和悔恨,如果自己是和一个正常的男人、一个没有婚姻的男人相爱,怎么可能会出现现在的这一幕呢?说到底,就是自己有错在先,有了那样的因,才有现在这样让父母蒙羞、让自己堕落的果报。

  "你怎么不问问他为什么不来呢?"女人直直地看着她,仿佛利剑一般想要直捣她的心脏。

  "我有愧!是我有错在先爱错了人!"静雯抬起头来泪眼朦胧道,其实,她有很多的机会后悔,有很多的机会选择就此打住,却因为感情的惯性一直错到现在,让自己走到了绝路。

  "是吗?我怎么没看出来你有愧疚之心呢?你现在不是还打扮得妖里妖气,做了一桌子的菜等着我的老公来品尝呢?这就是你的悔恨之心?"女子的声音充满讽刺,恨恨地看着静雯。

  那眼神里面仿佛透露着杀机,静雯吓得后退了几步,她从她的眼睛里看出了血光,看到了一种阴暗。

  静雯的心里有一种不妙的感觉,忙问道:"阿翔为什么不能来了?"

  "哈哈哈哈,你说呢?已经死了的人,你觉得他怎么来?哦,对了!或许他的鬼魂此刻就在我们身边,看着我们两个女人为了这个臭男人自相残杀!哈哈哈!"

I wait
for you
in my youth

"你说什么?你把他?"静雯震惊地看向眼前的女人,心里害怕到了极点,她从来没有想过,自己的一个错误的选择,会造成如此严重的后果,甚至,最先错的那个人不是她。

她忽然间想到亦舒《玫瑰的故事》里,玫瑰的哥哥对玫瑰说的一段话:"他来追求你,是他的错,咱们犯不着跟他一起错!"此刻,再后悔仿佛也没有用了……

"你把刀放下吧!你杀了我你也会付出代价的,最终你也会被警察带走的!所以,不要再错了好吗?"静雯泪流满面道。

"呵呵,你让我放下?你让我放过你?可是,你们又何曾放过我?就在我最难熬的时刻,我天天自己看孩子!放弃了所有的工作为他照顾孩子,可是你们呢?"

"可是,我那个时候不知道他是已婚的!我真的不知道!"

"那后来知道了呢?你知不知道他为了跟你在一起,好些天没有回家了?孩子得了重病!奄奄一息!我的孩子没了,我什么都没了!我要你们给他陪葬!"

静雯最终没能躲过,刀子深深地插进了静雯的胸口。

鲜血喷在了白色的墙上,仿佛一朵朵盛开的玫瑰。静雯泪如泉涌,只是谁也不知道是因为疼痛还是因为悔恨。

"如果能够早一点儿、早一点儿醒悟该有多好?"她轻轻地呢喃着。

或许有的时候,我们在不知情的情况下犯了一个错误,

> 我在
> 青春里
> 等你

　　但这并不意味着你就可以以此为错下去的借口,并不意味着你就可以任性妄为,否则那后果将会是你的不可承受之重。

　　有些感情,有些人,就如徐志摩的那首《偶然》一般,应该洒脱地放手,既然无缘,就别再攀缘,既然无情,就别再强求。

　　我是天空里的一片云,偶尔投映在你的波心,你不必讶异,更无须欢喜,在转瞬间消灭了踪影。

　　你我相逢在黑夜的海上,你有你的,我有我的,方向;你记得也好,最好你忘掉,在这交会时互放的光亮。

I wait
for you
in my youth

孤独比爱你舒服

岁月如风,总有一些爱就如那晴日里的雪花儿,总有一些付出所托非人,而在岁月的静默里,也只能渐渐忘掉那些伤痛,重新回归平静,享受那繁华过尽后的孤独,才发现,心所要的只是那寂寥的欢喜,才发现,即使是孤独即使是寂寞也比爱你舒服。

1.金牛爱情

如果卑微能祈祷来爱情,那也只是感动了自己;如若坚持能带来成效,那也肯定不会是爱情;生命里有一个人带着那旭日般的笑容来了,我们以为,他就是那个人,倾力付出,将心盛开在尘埃里,仿佛每日的期许就是看到他的笑意。

我在
青春里
等你

然而,单纯的女孩儿们总是不懂,不是每一个男人都纯情,不是每一段感情都真挚,这个世界上有一种感情叫做备胎,有一种男人叫作渣男。

阿静是一个长得很美的女孩,有些文艺,会舞蹈、披肩发,只是家庭稍微有些普通。她的感情世界在遇到少庆之前是一片空白,所有的关于爱的幻想都源自琼瑶的小说。

阿静和少庆是通过一次好友的聚会认识的,在聚会上少庆主动找阿静说的话。那天的少庆穿得很休闲,白色T恤,蓝色牛仔裤,蓝色板鞋,就像是还在校园里的大男孩。阿静的眼前突然就开阔了起来。

少庆很健谈,不管什么话题都能聊上那么一聊。阿静听得很专心,不觉间就被少庆吸引了,从而也参与到了谈话当中。阿静渐渐觉得少庆比所有自己认识的人都更懂自己,自己跟他也很合得来,便很自然地和他接触多了起来。

她觉得自己陷入了热恋,一头扎进了那温柔的糖衣炮弹里。阿静变成了一个贤妻,经常去少庆家帮他洗衣服、做饭、收拾房间……并时时刻刻都在想着他。每晚都会等到他的短信到了才会去安心地睡觉。

可是没过多久,阿庆便开始忙了起来。吃饭、逛街、看电影、散步、K歌、郊游,这些恋人们最基本的活动统统被取消,甚至有时候连信息也不回。阿静打电话过去,少庆不是告诉

I wait
for you
in my youth

她在开会,就是在做计划,害得阿静后来生病都不敢打扰他。

阿静感冒了整整半个月,差点变成肺炎,少庆一直都没有来过,甚至连个电话也没有,仿佛就这样凭空消失在了她的生活里。

朋友们都劝阿静找少庆谈谈,她却总觉得男人有事业心是好事,不忙就代表没能力,而女人就是要站在男人的背后支持他,不能让他有后顾之忧。更何况阿静觉得自己也没什么大碍,完全能够自己照顾自己,不能给他拖后腿。

阿静病好了后便买了菜去了少庆家,打开门就看到里面有一个女孩儿正坐在沙发上喝着牛奶看着电视。

女孩全身上下只穿了一件白T恤,就是她第一次见他的时候他穿的那个白T恤。阿静愣在那里,脑子还没转过弯,无意识地握紧了手里的菜。

"表妹,你怎么来了?今天我这里有客人不方便,你到明天再来吧!"少庆听到开门声便从厨房里探头看了一眼,当看到是阿静时,他一个箭步就蹿了上来,边说边把阿静往外推。

"阿庆,这是你表妹啊?怎么没听你说过啊?"女孩儿妖娆地看了少庆一眼,又很随意地瞄了眼阿静,微笑道,"以后叫我表嫂就成了!"

此时的阿静就跟牵线木偶一般,任由少庆拉着,下了楼。

到了楼梯门口,阿静还是呆呆的,只是心如刀绞。她不知

我在
青春里
等你

道原来这个世界上竟然有这样的男人,她很想听听他的解释,阿静什么话也没说,只是静静地盯着他。

"阿静,对不起,我父母不同意我和你结婚,他们想让我找一个家庭条件更好的!我也很爱你,我也很喜欢你!你是我这一生最爱……"

阿静还是没说话,只睁着大大的眼睛紧紧地盯着少庆。少庆被她盯得说不下去。

这个解释太烂了,根本就是明显的谎言。刚才他明明就是在厨房给那个女孩儿做饭,他们好了这么长的时间,他可是连一顿饭都没有给她做过,这样也叫爱她?

"真是搞笑!我是你一生的最爱?可惜,你不是我的最爱!"顿了顿,阿静轻轻笑道,"本来我今天也是过来跟你说分手的!没有想到咱们还挺默契!"阿静脸上一副云淡风轻的样子,心里却在狠狠地滴血。

"阿静!你真的是这个世界上我最爱的人!就算你以后和别人结婚了,我也会每天都想你的!"少庆有点儿焦急地说道。

"是吗?那你身后的女朋友怎么办呢?"阿静冷冷地看着脸色瞬间变得铁青的少庆,优雅地转过身离开。

少庆小心翼翼地回过头却发现楼道里空无一人……

阿静回去后大哭了一场,终于明白女孩儿在一段感情里

I wait
for you
in my youth

面最重要的不是付出,而是要懂得怎么保护自己,怎么鉴别渣男。

之后的很长一段时间,阿静都平平静静地过着平静的生活。

一天晚上,阿静上完夜班回到家的时候,却发现少庆坐在自己家的沙发上眼睛红红地看着自己。

本来以为都结束了,阿静也没有换锁,可是她万万没有想到这个男人会厚颜无耻到如此地步。

"你找我有什么事情?你不知道你这样算是私闯民宅吗?"阿静看着他厌恶地说道。

"阿静,我知道你还在等着我,你还没有找男朋友,我知道你的心里面还有我!不要离开我行吗?我爱你!在这个世界上我真的最爱你!请你一定要相信我!那个女人是我的父母安排的!我真的一点儿都不爱她!"少庆宛若一个痴情无比的男人,他深情地看着阿静,若是不了解情况的人看了,说不定会真的以为他才是那个无辜的受害者。

"你是不是喝多了?"

"我没有喝酒,真的!难道你不爱我了吗?亲爱的!"少庆用迷人的眼睛直直地盯着阿静,而阿静的眼睛里面却没有一丝的波澜。

"是吗?我现在给你一次机会消失在我的面前,不要再来打扰我!否则,我会将这段录音发给你老婆!其实,你的老婆是我们单位的一个客户,念在我们的旧情,我并没有拆穿你!但是,如果你再这样,就别怪我不客气了!"阿静拿出刚才一直在录音的手机,面无表情地看着少庆。

"你?你真的不爱我了?你宁愿这样当个孤独的老剩女也不接受我?"少庆不可置信地看着以前那么温柔卑微的阿静竟然会变成了另一幅样子。

"其实!我真的不介意孤独!比爱你舒服!"阿静冷漠地看着他。

少庆看了看阿静,最终悻悻地离开了。

少庆走后,阿静颓然地蹲在了地上,泪流满面,才明白,所有的卑微、所有的付出,还是都要遇到对的人的……渣男当道,且行且要擦亮眼睛。

2.水瓶、水瓶

你是玫瑰花可总会有不喜欢玫瑰花的人,你是水煮鱼,也终究有不能吃辣的人,你是武林高手,也终有只喜欢文雅

I wait
for you
in my youth

书生的人。

  一个人的好与不好,都是相对而言的,就算你美若天仙、就算你贤良淑德在这个世界上也终有不好你这一口的。

  所以,真的不是你不够好,而是所遇非人。

  萍是一个高高瘦瘦的美女,长卷发、美人脸、超贤惠。她能将简单的早餐做出颇有情调的小资范。

  萍每天的最大的爱好就是收拾屋子,家里什么时候看都是纤尘不染,窗明几净。

  他们两个的爱情从校园的时候就开始了,一路波澜无惊地走入了婚姻。婚后不久,他们便有了一个可爱的小孩子。原本一切都那么美好,可是也许是上天忌妒吧,不知从什么时候起他却开始了无休止的吃喝嫖赌。

  她不知情,每天细心地照顾着刚刚会爬的小宝宝,还变着花样儿在家做着菜等着他回家。他却很少回来吃。

  她以为他为了赚钱而太忙,所以顾不上回家,她体恤他的辛苦,从不敢乱花一分钱,精打细算地过着日子。她憧憬着他们那美好的未来,那相濡以沫的老年生活。她本想他们肯定能就这么一路幸福下去的。只是,他突然间就消失了,不回短信、不接电话,到处都找不到他。

  这时她才知道,他在外面欠了很多很多的钱,而且还知道了他在外面有很多的女人,一开始她不相信,可是那些债主和那些女人们因为找不到他而上门,她才不得不信。

她整天以泪洗面,她觉得她的世界崩溃了。亲朋好友知道她的情况也不时地来看她。慢慢地,她走出了悲伤,她告诉自己一定要振作起来。

她开始做些小买卖,一点一点地帮他还债,抚养他们那刚开始呀呀学语的孩子,甚至还照顾着他的父母。

她不知道他什么时候回来,但是,她会用自己的方式和这个世界和平相处,不纠结,不迷茫,只是一步一步地往前走。

爱或许已经没有了,她更喜欢这种自己奋斗的感觉,虽然伤害深不见底,但已经漠然,因为这个世界上最大的救赎不是仇恨而是淡忘。

3.天蝎

薇薇是个标准的美女,追过她的男孩儿说有几个连都不夸张。可是,她却全部都避而不见,从不周旋,因为她深深地爱着一个男人,那个男人多才多艺、成熟帅气、文艺迷人、多金口才好。

I wait
for you
in my youth

他主动追求的薇薇,很快便确立了关系,薇薇被他迷得七荤八素,她只看到了他全部的优点,却忘记了所有的事物都是有两面性的。

多才多艺意味着性格肯定和普通人有所不同,成熟的同时就是有心机,文艺迷人、多金口才好则意味着他在爱情里有很多的选择项,你可能并不是他的唯一。

相处久了她发现,一个月里,她的等待总是那么长。他总是在忙,总是在赶局,总是在忙着各种事业。

唯一能够接近他的办法就是看他的动态,每一次都是美女簇拥,他站在中间眉宇飞扬。一开始,她很自豪,慢慢地她很吃醋,然而他对她的吃醋却表现得不那么在乎。

他不经常带她和他的那些各路人马碰面,偶尔碰个面她也总觉得每个人的表情和说话都是那么小心翼翼,特别有女孩在的时候,她的第六感总是让她觉得整个空气中都存在着异样的气氛,仿佛每个呼吸里都有谎言。

几次下来,她觉得好累,她觉得自己离他的世界真的很遥远很遥远,甚至有的时候看到他和别的女孩儿谈笑风生的时刻,她都有种莫名的陌生感。

她终于明白,那么完美的他,不仅仅是她的恋人,他还是小女生眼里温暖的大哥哥,还是知性女人眼里最为完美的蓝颜,他还是那些有女王范儿的女生眼里即将到手的猎物。

我在
青春里
等你

　　而此时，她才觉得，自己是那么的普通，在那些女生堆里她也只能仰望他的存在。或许和他结婚没有什么不好。她时间自由、财务自由、人身自由，她还求什么呢？她明白，她所求的是那份唯一，那份从一而终。这个要求高吗？过分吗？

　　一次，他一整月都没有出现，薇薇也终于下了决心放弃。她申请去了另外一个城市的分公司工作，而他虽然着实地在电话上吵闹了一番，却也终究没有来找她。

　　她知道，她在他的爱情里只是众多选择项之一，他并非非她不爱，所以，她的离去，他也不会纠结太久，然而，她累了，她只要找一个"唯一"的爱情，相爱到老。

　　她结婚前一天晚上，她在浏览着他的动态，他的生活依旧那样繁花似锦，而她也只是淡淡地笑笑将他拉黑，从此尘埃落定。

执子之手,与子偕老

我在
青春里
等你

执子之手，与子偕老

或许，人到了老年的时候，才发现，真正能互相陪着的只有夫妻，孩子们的世界你们不懂，中年人忙着事业、忙着各种应酬，他们的世界你也不懂，子女们和你在一起，永远都是吃完饭就忙各自的去了，就算有的时候他们想要和你聊聊，或许也不知道跟你聊些什么。

人最幸福的时刻，不是富贵临门、不是车前马后、不是前呼后拥、不是高高在上，而是老了的时候，那个人依旧在自己的身边，陪着自己。

楚尘看着身边的老伴儿煦煦心里乐开了花，满足地翻过身安心地睡去，其实，从他得到她的那一天起，他就总觉得跟揣着个稀世珍宝一般，总是不敢相信这是真的，直到现在两个人都老了，他才真真切切地感受到，煦煦是真实地在自己的身边，她就是自己真实的老伴。

I wait
for you
in my youth

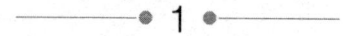

那个时候楚尘的父亲是村里的村长,然而楚尘却一点儿都不为自己的父亲争气,总是班里的倒数第一名。那个时候的他只有一个爱好,就是盯着煦煦看,他那个时候的梦想就是娶煦煦当媳妇儿。

所以,他很喜欢现在很流行的一句话,那就是:"梦想还是要有的,万一实现了呢?"他觉得马云简直就是自己的代言人啊!

不过,煦煦好像从来就没有正眼看过他一眼,就算他站在她的面前,煦煦的眼神也总是跳过他去看向别处。

为了跟煦煦能近距离接触,于是他打着向煦煦学习的旗号主动要求老师把他和煦煦调为了同桌,然而煦煦依旧是十分高冷,任他怎么溜须拍马都不正眼看他。

楚尘想到了一个好的办法,软的不行,那就来硬的!于是,楚尘开始了欺负煦煦的生涯。比如在煦煦上着课的时候,他去踩人家的脚;在煦煦写作业的时候,他去掐人家的手;在煦煦从前面走过的时候,他就用石子扔人家。

每次煦煦都被他欺负到哭鼻子。而此时,楚尘就看似若

我在
青春里
等你

无其事地坐在那里看着煦煦哭。其实他心里可矛盾了,又想上去示好,又怕煦煦生气。

就这样他一直欺负着煦煦,而煦煦则对他恨之入骨,最大的梦想就是赶紧考上高中,永远不再和他同班。

快要升高中的那段时间,楚尘一反常态地很久都没有再欺负煦煦。煦煦感到一阵轻松,心情也跟着愉快起来,想到很快就能和这个大恶魔分开,连学习都多了几分动力。而楚尘却一天比一天忧伤,他怕毕业,怕就此和煦煦分开。于是每次上课的时候,楚尘都会眼神忧伤地看着煦煦。

"你不听老师讲课,老看着我干吗啊?"煦煦转过头来看到楚尘正傻傻地看着她。

"哦,我画了一条三八线,我得看着你,你要是过了线,我就打你!"楚尘拿起画笔立即在他俩的桌子上画了一条线,趾高气扬地看着煦煦。

"无聊!"煦煦厌恶地看了他一眼。

从此楚尘就有借口天天看着煦煦了,每节课他都紧盯着煦煦的胳膊,一发现过线,就毫不留情地拍她一巴掌。煦煦也懒得跟他计较,只白他一眼就继续听课。

煦煦觉得这个楚尘白白地起了这么一个文雅的名字,真的是太浪费了,他根本就是个粗鲁而野蛮的人,可恶到了极点。在她的眼里,楚尘是个不折不扣的小坏蛋。

I wait
for you
in my youth

在煦煦心里的好人是那个"小博士",他长得儒雅斯文就像古代电视剧里的小书生一般,关键是"小博士"特别文明,从来都不欺负女生,有一次她的衣服掉在了地上,"小博士"还帮她捡了起来,非常绅士地递给了她。

"小博士"的绅士形象在煦煦心中存活了许多许多年,让煦煦一度觉得以后就要找这样的人恋爱、结婚,幸福地生活。

2

中考后,煦煦顺利地考上了高中,而楚尘则落榜了。煦煦非常高兴,觉得自己终于能够摆脱他了。

更让煦煦开心的是,她和"小博士"又分在了一个班里,她和"小博士"继续着同班生涯,她在心里面一直将那个"小博士"当成自己未来老公的人选,只是文静的她一直就将这种关注存在了心里,只在不经意间偷偷地看"小博士"一眼。

煦煦很快便发现,"小博士"不仅仅是招自己喜欢,很多的女生也都喜欢"小博士",活泼美丽的她们总是借着请教问题而趁机接近"小博士"。

我在
青春里
等你

　　哎！我还是放弃吧！我既不貌美如花，又不才华横溢！"小博士"才不会喜欢我呢！煦煦决定放弃，好好学习，再也不想"小博士"的事情了。

　　不过，每天放学后，煦煦总是觉得自己的身后有人跟着。有一天，她存了个心眼儿，快走几步躲进墙角，随后发现楚尘跟在了身后。

　　"你这个坏蛋！简直就是阴魂不散！"煦煦生气地说道，"楚尘，你老跟着我干吗？我现在是高中生了，我长大了，我再也不怕你了！你要是掐我，我就掐你！你要是踩我的脚，我就踩你的脚！你要是捶我！我也捶你！"煦煦挺直腰板，趾高气扬地说道。

　　"谁跟着你了？这路又不是你家的，凭什么我不能走啊？"楚尘不甘示弱地针锋相对。

　　"哼！"

　　"你别哼！明年我一定会考上高中，和你一个学校！以后你去哪个学校我就去哪个学校，等我们都毕业了，我就让我爸爸去你家提亲，让你给我当媳妇儿！到时候，我想什么时候打你就什么时候打你！哈哈！"楚尘孩子气地宣布着。

　　"呜呜呜呜！"楚尘的话着实地把煦煦给吓哭了，他的这段话给煦煦整个青春岁月造成了阴影，那个时候她最大的梦想就是不给楚尘当媳妇儿。所以，她认真地读完了高中，考去

I wait
for you
in my youth

了离家较远的城市,只为了躲避楚尘的纠缠。

然而让她没有想到的是,楚尘不知道怎么知道了她所在的城市,竟然考到了她们学校附近的一所专科学校,并天天跑到自己的学校来打篮球,不但跟自己班上的男生打成了一片,还跟他们说自己是他的女朋友,让他们帮忙照看着。

煦煦虽然生气,但却毫无办法,干脆把全部的精力都放在了学习上,不去理会楚尘。

而楚尘依然厚着脸皮找机会在煦煦身边转悠。这天楚尘又跟在煦煦身边套近乎,突然一个熟悉的身影出现在他们面前。原来是"小博士"。"小博士"看到了他们两个,大方地过来和他们打招呼。

"煦煦,我们是一个学校啊!真巧!"身穿着一身白色运动装的"小博士"有点儿激动。煦煦看到"小博士",就像溺水者抓到了救命稻草,连忙回应道:"是啊!真巧!"

"真巧啊!我也在这附近上学!学校离这儿很近,知道煦煦在这,特意来看她的!那个,我突然想起来我还有事,先走了。有空大家再一起聚聚啊。"楚尘看到绅士般的"小博士"突然有点儿自惭形秽,觉得自己离煦煦越来越远,和她已不是同一个世界的人了。

年少时的爱恋眼着着就要无疾而终,他决定以另一种方式来照顾她。

我在
青春里
等你

3

煦煦很自然地和"小博士"走在了一起,而楚尘则找了份兼职工作——销售代表。

他知道自己学习不好,所以就想着能早点儿融入社会。他有一个优势,就是会说话和爱说话。同样的,已经20岁的他现在已经长成了一个一米八几的大小伙子,在外型上也算得上是仪表堂堂了。为了更好地和客户交流,他自学了如何穿衣、如何说话、如何品酒、如何快速掌握对方心理等等销售技能。

因为努力,楚尘很快成了公司里每个月的销售冠军。楚尘将大部分收入都存了起来,从不乱花,他想要尽快在这个城市买房,他要把这个房子装修成煦煦喜欢的风格,送给她,让她毕业后能安心地在这里工作、生活。

楚尘还是会时不时地去找煦煦,但大多时候煦煦都和"小博士"在一起。为了能接近煦煦,楚尘还会请她的舍友们吃饭,然后买一堆好吃的和衣服,让她的舍友们带给她。但是煦煦每次都会让舍友再送还给他,并发信息告诉他以后不要再送,不要再在她这儿浪费时间和金钱。

I wait
for you
in my youth

煦煦的舍友阿清并不清楚煦煦和楚尘的过往,她觉得煦煦太过绝情,楚尘太过痴情。这样一个痴情的男人总是会让人同情的。阿清就在这同情中爱上了楚尘。

煦煦总是害怕自己有一天会真的给楚尘当媳妇儿,到时候,楚尘就又会欺负自己了。每当她把自己的担心告诉"小博士"的时候,他总是笑她傻。

"那我以后会当你的媳妇儿对不对?"煦煦含情脉脉地看着"小博士"。可是"小博士"总是摇摇头道:"煦煦,我们要以学业为重,我想我们先出国,这个事情以后再说!"

煦煦每到这个时候就会狠狠地点点头,心里却是无限失落。和"小博士"在一起,是真的很快乐,可是,却没有安全感。

"小博士"太优秀了,很多女孩都喜欢他,他的姐姐妹妹一大堆,红颜知己数不清,让她这个女朋友时常无所适从。

她因为这个跟他吵过,但是,每次他都说她是没事找事,以小人之心度君子之腹,而每次都以她向他道歉为终。

这天阿清想叫煦煦喊楚尘来,煦煦本来十分不愿意,但禁不住阿清的软磨硬泡,很无奈地给楚尘打了电话。楚尘接到煦煦的电话激动得语无伦次,这还是煦煦第一次给他打电话。

楚尘开车来到学校接煦煦和阿清一起去吃饭,其它舍友也起哄要一起去蹭饭,煦煦给"小博士"打电话让他陪自己一

> 我在
> 青春里
> 等你

起去,却怎么也打不通电话,只好作罢。

楚尘一路上一直在讲笑话逗她们笑,所有的人都笑得肚子疼。特别是阿清,找各种机会和他对话,而煦煦却一直都是一脸心事的样子。

最近的几周,"小博士"的手机总是打不通,煦煦有种很不好的预感,虽然都说女人的第六感很灵,但是,她希望自己只是在胡思乱想。

可是,人世间的事情总是带着各种巧合。刚刚还联系不上的人这会儿却直接在眼前出现。待楚尘带着她们一走进饭店,就发现了坐在靠窗位置的"小博士"和一个女生正在互相喂着饭。

煦煦认得那个女生,是他的"妹妹"中的一个,她们还在一起吃过饭。

原本欢乐的气氛瞬间蒸发,大家看着煦煦,面面相觑。

煦煦一副想要上去将那个女生给撕掉的表情,而楚尘则快步走到了"小博士"的面前,嘴角扬起一道邪魅的笑意:"真巧啊!"

煦煦从后面跟了上来,愤愤地看着"小博士",又看了看那个女生,沉沉地问道:"为什么?你们为什么要瞒着我?"

"煦煦,什么为什么?我们没有对不起你!谁知道你背着我跟这个楚尘干过些什么样的勾当?""小博士"反咬一口,振

I wait
for you
in my youth

振有词地说。

"你说什么?煦煦连我的电话都不接!我和他根本就没有单独见过面,你怎么可以这么污蔑她?"

"污蔑?那你们现在不是一起出来了吗?"那个学妹在一旁理直气壮地插话道。

"你们瞪大了眼睛瞧清楚,我们可是一起来的!"阿清她们一起凑过来义愤填膺地说。

"我在你的眼里难道就是这样的人?"煦煦看着"小博士",不甘心地问道。

"你以为呢?"

"好!那你怎么不早说?"

"我不想伤害你!"

"那你就背着我和别的女人约会?"

"你这不也在和别的男人约会吗?"

"谢逸尘!你太过分了!"煦煦拿起桌子上面的一杯果汁,一下子泼到了"小博士"谢逸尘的脸上。

"阮煦煦!我们就此结束!互不相欠!""小博士"斩钉截铁地说道,接着拉着他身边的那个女孩就要走。

楚尘则一拳打过去,"小博士"便一下子被打倒在地,楚尘还想再打,但是被煦煦的舍友给拉住了。

煦煦飞快地从饭店里跑了出去,她从来没有想过,自己的初恋竟然会是如此狗血,从来都没有想过自己以为完美的爱情最后的结局竟然是这个样子。

"小博士"小的时候帮她捡衣服的场景还在脑海里,在那时的她看来,他就是个温暖的好人啊,可是,为什么?

她没有想到心伤到了竟然是如此的痛,远比楚尘掐自己一下、捶自己一下,痛得太多了。她甚至在一瞬间,不知道"小博士"和楚尘到底谁是真正的坏人。

4

看到煦煦跑出去后,楚尘想都没想就跟着跑了出去,阿清她们也在后面跟着。终于煦煦跑到一个安静的小广场处跑不动了,她气喘吁吁地坐在了地上,失声痛哭起来。

"煦煦!"楚尘终于追上了她,想安慰一下她,但是,他发现这一刻,一向跟谁都能聊得上来的他,平日里口若悬河的他,平时被人称作"三寸不烂之舌"的他,竟然不知道该说些什么。

他慢慢地蹲下身子,静静地坐在她的身边陪着她,静静

I wait
for you
in my youth

地看着她，恨不得跟着她一起掉眼泪。

当阿清她们赶到的时候，看到煦煦和楚尘坐在那里，一个泪流满面，一个一脸悲伤，心不觉也跟着难受起来。特别是阿清，她从楚尘那悲伤的眼神里看到了他对煦煦满满的爱，心里慢慢地发凉。

其实她们早就知道楚尘是爱着煦煦的，人们都说爱是藏不住的，你可以不说，可以逃避，可是，那眼神早就将爱意给出卖。

那天之后，阿清决定将追求楚尘的念头放下，有些爱，既然无法撼动，又何必去自讨苦吃呢？她是个自知的女人，可是在她的眼里，煦煦却是个不自知的女人。明明手里拥有着那么多人羡慕的爱，却选择视而不见。

虽然煦煦和"小博士"分手了，但楚尘和煦煦也没有成为男女朋友，只是煦煦不再像以前一样排斥楚尘了。

楚尘依然忙于销售工作，还经常要去外地出差。煦煦也不再幻想王子与公主的爱情，考上了国外的研究生。她义无反顾地离开了中国，来到了美国，甚至打算一辈子都待在国外，这样不管是楚尘还是"小博士"，她都不用再见面了。

可是，她没有想到的是，在自己入学的那天，楚尘又出现了。

"你怎么又来了？"

我在
青春里
等你

"知道你考上了美国的研究生,我便申请到美国这边来当经理了!"

"你的英语?"

"拜托!我专业八级都不止了好吗?为了追随着你的脚步,我可是从来都不敢放松哦!你能不能别再逃了!下次你难道要逃到月球上去吗?你知不知道,对于我这样一个资质浅、又那么笨的男人来说,跟上你的脚步是多么的难啊!"楚尘嘟着嘴巴一副抱怨的样子。

"你干吗非要跟着我?你不知道我讨厌你吗?"煦煦也撅着嘴,嗔怒地看了他一眼说道。

"可是,人总要有梦想吧?万一实现了呢?而我楚尘这辈子的梦想就是娶到你,阮煦煦!"楚尘眼睛一眨不眨地看着煦煦,说得很认真。

"你的梦想就是娶我当媳妇,好天天打我啊?"煦煦的口气不再那么强硬。

"我的梦想就是娶你当媳妇儿,好让你把小时候我打你的债务都还清!到时候,你想怎么打我就怎么打我,想怎么掐我就怎么掐我,想怎么踩我的脚就怎么踩我的脚,想怎么用石子扔我就怎么用石子扔我!"楚尘深情地说着。

"我是文明人好吗?谁跟你一样是个野蛮人!你这个坏蛋!我为什么就是逃不掉?为什么就是逃不掉啊?"说到最后,

I wait
for you
in my youth

煦煦哭了。

楚尘走上前,掏出纸巾,认真地帮煦煦擦眼泪,然后,双手摁住她的肩膀,认真地看着她说:"那是因为上半生,我欠你太多了,你得嫁给我,把我打你的债务都打回来,否则,我会跟着你到你的来生,一直纠缠你生生世世、世世生生!"

"你这个无赖!"

"我就是无赖……"

一晃几十年过去了,煦煦一直都生活在楚尘那永不褪去的爱意中,而楚尘对她永远都是打不还手,骂不还口。

年轻时风华正茂的两个人现如今都变成了白发苍苍的老人,孩子们也都各自奔事业去了,只剩下了两个人天天以聊天解闷。

"楚尘啊,你说那天怎么那么巧啊!你带我们去吃饭!却偏偏碰到了……"

"老婆子啊!你可真单纯!哪有那么巧的事情啊!是我事先知道了他们在那里吃饭,所以才故意带你去那里的!"楚尘一边摸着自己的白胡子一边得意地说道。

"什么?你这个老头子!你竟然敢骗我!"煦煦生气地嘟着嘴巴看着楚尘,虽然已经很老了,但是,撒娇的习惯还是没有改。

"我哪里骗你了?我只不过是故意带你去抓奸的好吗?再说,我不耍点儿小心机,你能跟着我这个野蛮人?"楚尘一脸宠溺地看着煦煦。

"野蛮人!老无赖……"

这个世界上总有那么一个人打也打不走,骂也骂不走,就那么任性地在你的身边,和你一起看这个繁华人间。

I wait
for you
in my youth

最佳男闺蜜

有的人来到你的身边宛若天使一般,给你带来阵阵清风,带来鸟语花香,带来烂漫阳光。这个世界上真的会有一个人,他用你认可的一种姿态存在于你真实的生活里,他比男朋友更为贴心,比女性朋友更为仗义,那就是男闺蜜。

1

"姐姐,我家忽然间变得有钱了!我要出国了!"

"哦!出吧!"正在认真看书的安然连眼都没抬起来,以为又是他在开玩笑。

"姐姐,我交女朋友了!"颂颂又在她的耳边认真地说道。

"呃……交女朋友?"安然停住了手里的笔,抬起头来看着

我在
青春里
等你

和往常一样没个正形、一脸坏笑的颂颂,大脑开始高速运转。

"他怎么会交女朋友呢?"

"你在想什么呢姐姐?"颂颂托着腮,一对桃花眼含着笑,一脸贱样儿地问道。

"呃……颂颂!你原来是个男的啊!"

安然想了半天终于下了结论,原来颂颂是个男孩儿,所以他要找女朋友。

"姐姐!我恨你!"

颂颂的脸一下子垮了下去,刚才还满眸桃花的双眼此刻全是幽怨,两个人闹作一团。

2

在安然的心里面,颂颂就跟她的好闺蜜、好姐妹一样。她追男生的时候,他会帮她出主意;她热恋的时候,他会给她分析指导;她失恋伤心的时候,他会陪她一起哭;她有了困难,他会想办法帮忙;她想减肥,他就陪她去做运动。总之,安然有了一切问题都可以找他。

I wait
for you
in my youth

有天,他陪着她上晚自习。当时安然正在和男友阿城闹情绪,颂颂坐在她的身边给她出主意。

"姐姐啊,你不可以这么快就原谅他的!男人嘛要调教的!"

"如果他说,你原谅我吧?你就说,不行!如果他还说,你原谅我吧!你就要装着很为难的样子慢慢地说:'好吧,给你次机会!'"

颂颂装安然的口气的时候语气轻柔,还带着扭捏的动作,引得本来心情不好的安然笑到肚子疼。就在这个时候,阿城走进来了。

"你跟我出来一下,我有话要跟你说!"阿城的眼神越过颂颂看向安然,还算得上有几分英俊的脸上全都是傲然。安然此刻已经将刚才颂颂教她的全都忘了,站起身来就跟着阿城走了出去。

阿城看到安然走出来,嘴角微微上扬,拉起她的手就往操场的方向走去,仿佛他们之间什么都没有发生一般。安然竟然也像是忘记了他们还在闹别扭的事情,任由阿城拉着她。

"哎?姐姐,城哥!你们要去哪里啊?我也要去!"颂颂从自习室里追出来,手里还拿着他给安然买的营养快线,他一边把营养快线塞到她的手里,一边用一脸无害的笑容看着安然和阿城。

"你是想让我揍你吗?如果你不立刻在我的眼前消失,别怪我不客气！"阿城一脸怒容地看着颂颂说道。

"不去就不去喽！发什么火啊！我好可怜啊！你们玩儿都不带着我！呜呜呜呜……"颂颂耷拉下脑袋可怜巴巴地看着安然，同时停下了脚步。

很多年后，每次想到颂颂当时用那无辜的眼神看着自己，跟自己说："你们要去哪里啊？我也想去！"安然还是会捂着肚子大笑一会儿，但是，笑着笑着眼角就会有眼泪溢出来。

3

第一次见到颂颂的时候，是在新生见面会上。那时候成绩优秀的安然被选为学生代表，主持新生大会。其实无非就是给新生介绍下学校状况，希望大家能好好学习，发挥主观能动性，为学校做出贡献，顺利地毕业什么的。

安然一进教室就发现一个身材矮小的穿着白色T恤、蓝短裤的小男孩儿在和另外一个男生胡闹。

"大家都安静一下！"安然大声地喊道，刚才还闹哄哄的教室立刻安静了下来，那个小男孩回头看了安然一眼，立即

I wait
for you
in my youth

就老实地坐到了第一排,静静地看着安然。

"大学里怎么还有小学生?"看着这个身材矮小的男生,安然一脸惊愕。而他竟然就那么托着腮一脸无害地看着安然。安然无语,转身走上了讲台。

安然简短地做了个自我介绍,然后讲了学校里的一些规章制度,又讲了些自己的学习的经验给他们作为参考。在做了一些最基本的安排后,安然便宣布自由提问。

这下,教室里一下子就炸开了锅,这些学弟学妹们争先恐后地问这问那!好脾气的安然一一给这些刚刚进校的新生们进行解答。待这些新生都散去的时候,都晚上11点多了,安然讲了一晚上的话,嗓子痛得都快要冒烟儿了。

"姐,我给你买的营养快线!"这个时候,那个"小学生"不知从哪儿冒了出来,递给她一瓶营养快线。

"呃……谢谢你!"安然接过,不顾淑女形象地喝了起来。

"姐姐,你是校花吗?"

"什么?"安然差点儿将口里的营养快线给喷出来。

"同学们都传你是校花呢!"

"呃……我不是啊!时间不早了,早点回宿舍睡觉吧!"安然开始检查教室的门窗,准备关灯回宿舍。

可是,那小学生就跟个小跟屁虫似的跟在她的身后。

"姐,你长得太好看了!你当我姐姐吧!"小学生操着浓重的南方口音在她身后叽叽喳喳地说个不停。

"小家伙,你今年几岁啊?怎么这么小就来上大学?你是不是学习很好啊?"安然将门窗都关好,退出教室,转过头饶有兴趣地看着身后的小学生问道。他看起来太无害了,而且一张小脸儿上一双长长的眼睛总是笑得弯弯地像个小老鼠一般甚是好玩。

"姐姐!我都18岁了!我不是小家伙!我叫秦颂,你叫我颂颂就好了嘛!"他依旧笑的眼睛弯弯地跟她撒娇。

安然觉得这个小孩子甚是可爱。"好的!颂颂!天色这么晚了,你快回宿舍睡觉吧!"安然笑道。

"那你答应当我姐姐了?"颂颂笑得可爱极了,一双细长的眼睛在月光下闪闪发亮,安然一时觉得自己根本无法拒绝这么可爱的男孩儿的请求。

4

从此,安然的身边就跟了个小跟班,他不上课的时候,就来粘着安然。虽说安然是姐姐,可是,大多数的时候都是他照

I wait
for you
in my youth

顾着安然。

　　安然发现这个颂颂虽然人小,但是却是个非常厉害的角色,不到半个月的时间,他就凭着他那无害的笑容和那绕啊绕的南方调子在校学生会、广播站等社团站稳了脚跟。

　　安然一切都好,就是交男朋友这方面让颂颂操碎了心。安然的恋爱男友总是不能长久,也不知道是安然的眼光问题还是缘分没到。固定的男性朋友大概只有颂颂了。每次安然因失恋而伤心难过的时候,颂颂就会在她身边陪着她,还会说些逗趣的话引她开心。正因为有了这么一个活宝在身边,安然每次都可以很快走出失恋的阴影。

　　颂颂觉得安然老失恋最主要的还是因为她眼光不好。在刚认识阿城的时候,颂颂说这人心理有问题,最终因安然受不了阿城的若即若离,散了。

　　看上伍利川的时候,颂颂说这个人太复杂,你掌控不了。确实,虽然安然费力地靠近了他,却终究因无法掌控而放手。

　　对爱情失望后,安然接受家里的安排和一个公务员吴斐恋爱。颂颂气她自暴自弃要跟她绝交,结果,安然不出意外地还是分手了。

　　这次的失恋对她打击很大,对方竟然劈腿,还觉得没什么大不了。弄得她都有点儿怀疑是不是自己的问题。

　　当她打电话给颂颂痛哭流涕时,她不知道他随后立即买

我在
青春里
等你

了车票,坐了整整一天一夜的火车来看她,带着她出去吃饭、唱歌、踏青、爬山、坐摩天轮……

她心情一阵好,一阵坏,又恨恨地给他一顿乱揍:"都是你个乌鸦嘴!看我嫁不出去的时候,天天拉着你!让你也没法找!"

其实,有的时候颂颂也是很帅的,比如,他站在台上,将手插进裤兜里,一脸酷酷地唱着周杰伦的《黑色毛衣》的时候。

只是在安然的眼里,他永远都只是弟弟,并为他这种帅气而自豪。

"姐姐,我天天跟着你,你也不怕闹绯闻啊?"有一天颂颂跟在安然的身边狡黠地问道。

"绯闻?跟你?"安然笑,继续走自己的路,颂颂走上前来,像女孩一般揽着安然的胳膊,而安然也开开心心地和他一起去食堂。

"姐姐,姐姐,天气冷了,你给我买毛衣吧!"

"好!"

"姐姐,姐姐,我也得要手套!"

"好!"

"姐姐,姐姐,我还少个围巾!"

"好!"

"姐姐,我家忽然有钱了!我要出国了!"

183

I wait
for you
in my youth

"出吧!"

"姐姐我要交女朋友了!"

"呃......"

后来颂颂真的出国了,而安然也找到了自己的白马王子,只是,每次想到那个穿着黑色的毛衣、蓝色牛仔裤、将双手插进裤兜里、拽拽地唱着《黑色毛衣》的小帅哥的时候,她的眼睛和嘴巴都会弯成最美的弧度。

时光如梭,有些人,有些事,有些风景,就如同那天上的星辰,每到夜晚都会在你的头上闪闪发亮,就如那一双笑得弯弯的眼睛。

我在
青春里
等你

不负流年不负卿

或许爱情最大的感人之处就是无论何时,无论你变成了什么样子,那个人都会在你身边;或许爱情最为伟大的时刻就是那个人把炒的新菜留给你吃,而他则去吃以前剩下的;或许爱情最震撼的节点就是无论那个人身在多么重要的场合,而你的一个没带钥匙的电话,就会让他丢下所有重要领导去给你送钥匙;或许爱情最为珍贵之处就是那个人遇到再多的诱惑,都会放心不下你,不会离开你;或许爱情最为美好之处就是那个人最爱的人就是你而他自己却不自知;或许爱情最平凡的时刻其实就是最伟大的时刻,因为所有的平凡其实就是最美的荡气回肠。

景山和阿琳的认识机缘颇深,那个时候景山和阿琳的母亲都在一个单位上班。景山长得白净秀气,一双小眯眯眼炯炯有神,都说小眼聚光,确实是这个样子。

I wait
for you
in my youth

　　景山不仅颜值高还口才好、会办事儿,非常讨人喜欢,单位里每个人都跟他相处融洽。阿琳的母亲看这孩子特别好,说话总爱能说到人的心窝里,想到自己家还有一个待嫁的姑娘,就留了个心眼儿,想撮合他们两个。

　　阿琳的母亲邀请景山去自己家吃饭,还特意给阿琳买了一身漂亮的裙装,长长的头发迎风飘扬,白净的容颜上面微微泛着红晕,美丽的裙子衬托出了她别样风采。景山当即就被这个文静典雅的女孩吸引了,展开了强烈的追求。

　　而娴静的阿琳也很喜欢这个成熟稳重又不失幽默的男孩儿,两个人迅速地陷入了爱河。

　　结婚是顺理成章的事情,婚后的景山特别疼爱自己的妻子,大事小事都不让她沾手。从对内的做饭、洗衣、收拾房间到对外的购买物品及人情往来他都自己一个人全部搞定,而阿琳则沉浸于幸福的生活中。

　　一年后,两个人有了一个漂亮的女儿,一家人过得其乐融融。而天有不测风云,在阿琳上班的途中,竟然发生了车祸,伤势非常严重。

　　为了能专心地照顾阿琳,景山伤痛之余,将孩子送到了父母那里。孩子因为第一次离开母亲而且没有奶喝,整整哭了三天三夜,而景山则不眠不休地在阿琳的病床前照顾了三天。

我在
青春里
等你

  阿琳的命救回来了，但接下来至少两年都需要人随时在身边照顾，做康复训练，这就意味着景山得放弃工作。可是双方父母那里本身也不富裕，也不能依赖他们，为了便于照顾阿琳，并维持生计，景山向亲戚朋友们借了些钱，和朋友一起做了个小买卖。从此，他起早贪黑，除了照顾阿琳，就是出去跑生意，没一刻空闲。

  寒来暑往，景山每天都要背着阿琳去做康复训练，然后再背回家。虽然双方父母都轮流来帮忙照顾，但是那种艰辛，只有景山自己才能体会。每次到了深夜来临时刻，景山看着她熟睡的样子，他总是泪流满面，感到有一种深深的绝望。

  但在白天，在她的面前，景山总是留给她最灿烂的笑容，告诉她一切都会好起来的，时常给她描述着未来美好的生活。景山会跟她畅想他们以后住在大房子里，房子就装修成阿琳和女儿最为喜欢的风格，每当阳光灿烂的时候，一家人其乐融融地坐在沙发上享受阳光。每到这个时候，阿琳就会靠在他的肩膀上，嘴角轻轻地上扬。

  在景山细心的照顾下，不到两年，阿琳就基本康复，已经和正常人没两样。连医生都觉得是个奇迹。这世上，真爱总是能创造奇迹的。

  阿琳康复后，景山帮她找了个清闲的工作。

  景山认真地经营着和朋友的小买卖，忙得不亦乐乎，但

I wait for you in my youth

是，无论他怎么忙，却总是把孩子和她放在第一位，还是每天为她做早餐和晚餐。

阿琳无忧无虑地生活着，根本不知道景山的辛苦，因为她看到的都是景山灿烂的笑容。景山自己也不想让阿琳有烦恼，他只想让阿琳和他们的女儿永远开心快乐。

由于压力太大，他爱上了打牌和打麻将，由一开始的偶尔玩玩渐渐变成隔三差五，到最后每晚必打。回家的间也是越来越晚，一开始还记着能回家做晚饭，到后来不回家吃饭，再后来就变成10点、12点甚至有几回整夜都没有回家。

这天，景山又没回来吃饭，阿琳就自己骑着电动车到处去找他，虽然不知道他在哪里，却还是一条街道一条街道地找。一直找到12点，也没能找到。阿琳回到家里，一直哭到睡着。

景山回的时候已经是凌晨3点多了，他轻手轻脚地走进屋里，看着脸上还残留着泪痕的她，心里无限地愧疚，当即决定以后戒牌戒麻将，只好好经营生意。

做生意，难免会有饭局，这天景山正陪个客户吃饭，而她给他打电话，以为他又在外面打牌，便撒谎告诉他自己没有带钥匙，进不去家门。

他当下急了，怕她冻着，于是丢下客户便冲回家给她送钥匙。当他发现家里灯火通明的时候，第一次冲她发了脾气，

我在
青春里
等你

　　然后摔门而出,从此他们心里仿佛有了一个疙瘩。

　　生意蒸蒸日上,景山更为成熟,可是心里那个疙瘩也不知道什么时候能解开。虽然经常有些小姑娘给他暗送秋波,可是景山心里只有阿琳一个,于是对这些或明显或隐晦的爱意总是一笑了之。

　　现在他们房子、车子、票子都不缺,女儿也出落得婷婷玉立,一切看起来都那么美好。黑暗的日子也仿佛早已烟消云散。他希望阿琳能回到曾经那个没心没肺的快乐时光,却不知道自己还能给她什么,能做些什么才能弥补以往的伤害。

　　生意逐渐稳定,景山又空出好多时间来陪阿琳,他又开始每天给她做早餐、晚餐,也尽量陪她吃午餐。阿琳在景山的细心体贴下回忆起自己受伤的那段时间,眼睛渐渐湿了。就是这个男人,对自己不离不弃,才让自己现在如此幸福,还有什么理由不原谅他呢。

　　阿琳释然了,眼神里不再有悲伤。景山终于又看到了阿琳那没心没肺的笑容,他知道,他们将一辈子守着这份美好。

　　爱你或许不能轻易说出口,但是,无论何时,那份对你好的心情将总会萦绕在你的身边。若我说了我爱你,定不负你。

I wait
for you
in my youth

爱的供养

爱让两颗心相互吸引、碰撞、缠绵,而真正的爱,却总是要经过一番波澜壮阔,才明白,谁是那个命中注定的人。

—— 1 ——

柠檬第一次见到范杰的时候,正值他长得最为帅气的时候,那个时候,范杰不过十三四的年纪,可是,身高却是眼看着一天比一天高,仅仅一年的时间,柠檬跟他说话的时候,就只能仰着头了。

她喜欢他喜欢得那么明目张胆、那么盛气凌人,她每天一进教室就会大声地喊范杰的名字,仿佛向每一个女生宣告主权,宣告范杰是属于她的,谁也不要有半点儿非分之想。

我在
青春里
等你

  然而范杰却似乎对她一点儿都不感冒,从来都不正眼看她。可是柠檬却有那种死缠烂打的功夫,每天都毫无顾忌地跟在他的身后,还向他的朋友们打听他有什么爱好,比如打球喜欢哪个队,偶像是谁。了解到后就逼着自己喜欢他的爱好,终于,因为"爱好相似",他将她当成自己的好哥们,甚至带着她一起去打球。

  她每次都会买一大包水,分给他的兄弟们喝,然后再准备好湿毛巾,只要范杰一下场,她就慌忙小跑过去,给他擦汗。

  范杰是班里篮球队的队长,打球一流,在整个学校也是属一属二的,特别是那跳起来灌篮的动作,简直比灌篮高手里面的流川枫还要帅气,每次到了这个时候,她都会看着那个帅气的身影流口水。

  柠檬将他视作自己这辈子最爱的男人,并告诉自己以后一定要嫁给他,无论什么情况下都必须嫁给他。

  而她那个矮小又圆圆胖胖的身材却被很多同样爱慕范杰的女生们嘲笑,嘲笑她的自不量力,嘲笑她是麻雀妄想飞上高枝变凤凰。

  柠檬从来都不理睬那些嘲笑,只是专注于自己对范杰的爱。可是,过了一段时间,范杰恋爱了,然而女朋友并不是她。而是一个和她完全不一样的女孩儿,那个女孩儿有着长长的黑色披肩发,白皙的面庞宛若《天龙八部》里面的神仙姐姐一

I wait
for you
in my youth

般,就算是走路也不像柠檬那般地风风火火,而是如同仙女一般地美丽。

柠檬第一次见到她和范杰在一起是在学校的操场上,那天她给范杰送东西,被他的舍友们告知他正和他的女朋友在操场散步。

"女朋友?他的女朋友不应该是我吗?"柠檬的大脑一时半会儿没有反应过来,接着就是范杰的舍友苦口婆心的劝告:"你们两个不合适,你还是早点儿死心吧!"柠檬什么也没有听进去,而是迈开腿就往操场跑,在那里她看到了隔壁班刚刚转学过来的小仙女和范杰站在一起,两个人一边走一边说话,好像很投机的样子。

那个女孩儿的美丽真的宛若神仙姐姐,她第一次感到了什么叫作自惭形秽,什么叫作自卑。她低头看了看自己矮胖的体形,第一次想到了放弃。

可是,她还是很不甘心,但是又怕自己就这样跑上前去,会让范杰讨厌自己,于是,她就以范杰小妹妹的身份,整日操持着范杰和小仙女的各类事宜。

比如,小仙女不想去食堂了,只要一个电话,她肯定不到十分钟的时间就把她爱吃的菜放到她面前。

比如,范杰和小仙女吵架了,她肯定去当范杰的说客,又唱又跳又哄,直到哄得小仙女破涕为笑。

总之,只要是范杰和小仙女一遇到他们不想费心去做,或者懒得去做的事情,柠檬就会主动冲锋在前。

很多人都说她傻,但她自己却不这么觉得,她觉得自己能够被范杰需要就是她存在的最大价值。能够天天看到范杰,是柠檬觉得最为美好的事情。

2

由于郎才女貌,小仙女和范杰的爱情一路也算平坦地走到了大学。而柠檬在高中的时候,就因为父母的工作调动关系来到了省城。

刚刚来到省城的时候,她由于过度思念范杰一度得了厌食症,很快便消瘦了下来。瘦下来后,她总是有意无意地将自己的形象往小仙女的打扮上靠,做运动、做瑜伽以保持身形。在上大学的时候,已经由那矮胖的小胖墩变成了一个真正的窈窕淑女。

柠檬从来都没有想过还能见到范杰和小仙女,更没有想到他们还在一个学校,那天新生报到的时候,她远远地就看

I wait
for you
in my youth

到了范杰和小仙女胡懿萍。

　　柠檬就站在那里呆呆地看着范杰，他还是和以前一样的帅气、高大，只是眉宇之间多了些成熟，反而显得更加吸引人了。

　　而他身边的胡懿萍这么多年反而没有怎么长高，有点儿当年她那矮胖的样子，她在心里浅浅地笑道："原来，如果真的相爱的话，并不是看你的形象如何的！心里有你，你怎样都是对的，若是心中无你，那么什么便都是不好吧？"

　　她转过身就要离开，忽然旁边一个很大的声音喊着她的名字："柠檬！柠檬！柠檬！柠檬！"原来是自己的高中同学马旭洋，这个马旭洋每次见到柠檬的时候总是这样子地叫个不停。

　　穿着一身白底印花裙、长卷发、踩着蓝色水晶高跟鞋的柠檬回过头冲着马旭阳狠狠一瞪眼道："马旭阳，你是在叫魂吗？"

　　"不是！我是看到你太高兴了！"马旭阳挠了挠头咧开嘴巴笑道。

　　"呵呵，我看到你不高兴！"柠檬转过身踩着高跟鞋就要离开。

　　"那个，你是以前在A中待过的张柠檬吗？"身后传来一个欣喜的男声，柠檬浑身宛若被电击了一般，战栗着定在了

我在
青春里
等你

原地,大脑一片空白。

她从来没有想过那么高冷如他会主动地跟自己说话!她有些激动,却又不想让他看出来,于是狠狠地吸了一口气,平静地转过身来,镇静地说道:"是啊!你怎么知道?"

范杰刚才就觉得远处的这个女孩儿像柠檬,可是,胡懿萍怎么也不相信,现在这个气质出众的美女就是那个时候天天围在自己身边的小胖子,直到听到马旭阳喊她,她才真正地确信这个女孩儿就是柠檬。

"柠檬,我是范杰啊?你不记得了吗?"范杰冲着她笑道,看得出见到她他也很高兴。

"范杰?哦!我想起你来了!你是我的范大哥对不对?这个是小仙女吧?你们还是跟以前一样般配!"说出这些话来后,柠檬觉得自己恶心得都想吐。她看到马旭洋一副要作呕的样子,便用高跟鞋狠狠地踩在他洁白崭新的球鞋上,马旭阳立即变成了一副一本正经的样子了。

虽然看到他们两个在一起,心里还是有点儿吃醋,但是,范杰竟然主动跟自己说话了!一想到这里,柠檬简直高兴得都想哭了。

"柠檬!我知道你从小会照顾人!你看,萍萍从小就被人照顾惯了,什么都不会,现在你们都在女生宿舍,你可要帮我好好地照顾好萍萍啊!"

I wait
for you
in my youth

可是范杰接下来的这句话把柠檬给说愣了,什么叫她从小就会照顾人啊?什么叫她从小就被人照顾惯了?柠檬刚才还激动的心情此刻如坠冰窖,但是,比以前成熟得多的她嘴角依旧挂着淡淡的笑容。

"哎呦!我们的女神柠檬竟然从小就会照顾人啊?怎么没有看出来呢?"马旭阳在旁边嘲笑她,柠檬正好一肚子气没处撒,抬起脚来就狠狠地踩在了他的脚上,疼得他在那里呲牙咧嘴地不敢出声。

"柠檬,我刚到A中的时候就麻烦你照顾,现在又得麻烦你了!"萍萍虽然快胖成了小猪头,但是声音依旧好听。柠檬表面上点了点头道:"没事没事,咱们都是老乡嘛!"心里却一百个不愿意。

"以前我那是找虐受,现在谁还要装好人啊,我连自己都照顾不好,还照顾你?见鬼去吧!不过,为了范大帅哥,我还是愿意委曲求全的!"柠檬一边想着一边抢过小仙女手里提着的两个包包,往女生宿舍那里走去,看得那个马旭阳直翻白眼。

我在
青春里
等你

3

"哎！我跟你们说啊！我不知道柠檬以前是什么样的，但是遇到我后，她就被我惯得没人样儿了！别说提包包了，就是提鞋子都是小爷我给她提的，所以，以后还是拜托这位小姐，凡事不要麻烦我们家柠檬，否则累着我们家柠檬别怪小爷我不客气！"马旭阳见柠檬走远后，拦住范杰和萍萍说道，说完便做了一个砍头的动作，这还不是最主要的，而是做完动作后，从他身后又窜出一排男孩儿，同样做出了这样的动作。

范杰和萍萍愣在了原地。而柠檬走了半天，回头一看，萍萍根本就没有跟上来，自己也不知道给她往哪个屋子放，只好站在原地等着他们。

"怎么那么慢啊？都在干吗呢？"柠檬奇怪地望着远处，不一会儿，马朝阳便赶了过来，一把抢过了她手里的包。

"干吗？"

"不干吗？手里不提个东西有点儿发痒！还是给我提吧！"

"不要！我答应别人的事情要自己去做！快点儿给我！"柠檬瞪了他一眼就要抢过来，此时萍萍他们也已经赶过来了。

"柠檬，我自己来就好了！你忙你的去吧！"萍萍从马旭阳

I wait
for you
in my youth

　　手里拿过那两个大包,便和范杰走进了宿舍里,范杰意味深长地看了柠檬一眼,看得柠檬有些发蒙。

　　"你发什么呆啊?咱俩又在一个学校了!哥哥我请你吃饭去啊?"马旭阳直直地看着柠檬,笑得一脸灿烂。

　　"切!姐姐我吃不起饭是怎的?"柠檬白了他一眼就走进了宿舍里,四处寻找萍萍和范杰。

　　"范杰,想不到那个柠檬竟然这个样子,让她拿个包包而已,竟然让男生吓唬我们!简直太过分了!"

　　"是啊!不过,我觉得应该和她没关系,应该是那个男孩子自作主张的!"

　　"什么?你还替她说话?难道你喜欢她不喜欢我了?你是不是看她比我漂亮就移情别恋了?"小仙女开始跟范杰闹脾气!

　　"怎么会呢?这么多年了,难道你还不知道我的心?"范杰立即反驳道,小仙女这才平静下来。

　　"怎么回事啊?我什么时候找男生吓唬他们了?"柠檬听到后,心里非常地疑惑,但是转念一想就知道是那个马旭阳在捣鬼。

　　"马旭阳!你刚才干吗了?"柠檬气冲冲地从女生宿舍出来看着还站在门外等她的马旭阳说道。

　　"刚才?什么刚才啊?"马旭阳立即装傻。

我在
青春里
等你

"你还装？你是不是吓唬范杰和小仙女了？"柠檬双手抱肩，一双漂亮的大眼睛审视着马旭阳，一脸严肃地看着他，仿佛在审问犯人一般。

"没有啊！"马旭阳转过脸不看她，柠檬却大步向前拧起了他的耳朵，范杰在女生宿舍五楼看到了这一幕，脸上的表情有些奇怪。

后来，柠檬虽然已经晋级为女神，但是一遇到范杰的事情她总是抢在前面，就像小的时候一样，她以同样的态度照顾着小仙女，但现在这种行为让范杰的心里生出了些许异样。

"你为他做这么多值得吗？他的身边有那个小胖墩！"马旭阳闲得无聊的时候就会问她这个问题。

"有什么值得不值得的呢？我喜欢，我乐意，我高兴！"每到这个时候，柠檬总是眼睛看向别处，快速地说着这句话。

"是吗？那我没看出你有多快乐呢！"马旭阳的眼睛里透露着无限悲伤道。

"要你管！"每次到这个时候，柠檬都会双手抱肩蹲在地上，将头搁在自己的肩膀上，默默地伤心。而马旭阳则蹲在她的身边，用手将她的头靠在自己的肩膀上，一双幽深的眸子宠溺地看着她。

4

　　日子就这么清浅地过着,范杰和小仙女的爱情却因为第三者插足搁浅了。小仙女爱上了别的男生,范杰被甩。

　　柠檬第一时间去陪范杰,陪着范杰在操场上一遍一遍地走,她觉得自己从来都没有靠着他那么近过,她好想就让时间停在这一秒,让她好好地享受和他单独在一起散步的时光。范杰只是简单地叙述着他和小仙女的爱情,和对她离去的无奈,柠檬宛若少年时期一般,一脸崇拜地看着范杰,她好想告诉他,她喜欢他,她想和他在一起,却终究没有说出口,因为她怕一旦说出口,万一连朋友都没得做了怎么办?

　　从此,范杰的身边又开始有了柠檬的身影。他打篮球的时候、他吃饭的时候、他玩游戏的时候、他去网吧上通宵的时候,柠檬仿佛又回到了那个少年的时期,然而,她却越来越发现,自己好像并不喜欢这样的生活了。

　　她反而怀念起马旭阳来了,自从范杰和小仙女分手后,柠檬就告诉马旭阳离自己远一点儿,她要去追求范杰。然而,当他真的消失在自己的世界后,柠檬却发现自己竟然是那么的依赖他。

我在
青春里
等你

　　她在范杰的身边永远都是妈妈和佣人的角色,她永远替他想着一切,而和马旭阳在一起的时候,她是他的公主,是他永远为自己想着一切。

　　"柠檬!走啊!跟我上通宵去啊!"刚刚打完球,范杰习惯性地将喝完的饮料瓶和脏衣服扔给了柠檬,却连看都不看她一眼地说道。

　　柠檬忽然有些心酸,这个男人,从来都不问问自己愿不愿意去那个烟雾缭绕的地方。这个男人,从来都没有问过,自己喜欢什么,自己愿意玩些什么,从少年的时候起,就是自己一直在追着他。

　　她觉得累了,照顾他照顾得累了,于是,她将衣服和饮料瓶扔给了范杰说道:"范杰,我不喜欢去网吧,你自己去吧!"

　　范杰显然没有想到一向对他言听计从的柠檬竟然会拒绝她,有些奇怪地看了她一眼,但没有说什么,便和自己的队友们一起去网吧玩了。

　　柠檬看着他的背影,忽然间明白了,这个男人只是习惯了有自己的照顾,他对自己从来都没有爱,以后也不会有,她在他的身上永远都不会享受到小仙女的待遇。

　　"哎!受伤了吧?知道还是我疼你了吧?走吧,跟小爷走!小爷带你去吃你最爱吃的披萨!"不知道什么时候,马旭阳站在了她的身边,嘴里叼着一根棒棒糖,然后剥开另一个塞进

I wait
for you
in my youth

她的嘴里,一脸邪魅地笑着。

"我还要吃沙拉!冰激凌!鸡翅!汉堡!薯条……"

"好好好!你要吃什么咱就吃什么好吧?"马旭阳伸出胳膊揽着了柠檬,而柠檬则转过身,静静地抱住了马旭阳。得到柠檬的回应,马旭阳抱起了柠檬,快乐地转起了圈圈。

柠檬终于明白,爱不是委曲求全,爱是相互的,爱是两颗心真诚的互动,是两颗心与心之间的吸引,是人世间最美的和音。

最好的爱是点到为止

I wait
for you
in my youth

此去经年

此去经年,应是良辰美景虚设。便纵有千种风情,更与何人说。

1

大刘是一个长得可以用一个词来形容的男生,那就是"五大三粗",但又不是张飞那种型的,而是一种比较儒雅的爷们型,很有古代将军的气势。

由于生得太过于高大,走起路总感觉像是走在烂泥地里,艰难而缓慢,而他的眼睛则像永远眯着,仿佛每天都睡不醒的样子。

他的兄弟、哥们一大堆,差不多都跟他一个高度,要是这

我在
青春里
等你

几个人一起走,就感觉来了一群僵尸一般,那画面简直就是不忍直视啊。

由于大刘的海拔太高,每次走路又是抬着头一副谁也别惹我的样子,上课的时候又大多趴着睡觉,所以,根本不认识自己班级里的妹子。

沈瑜是隔壁班里的班花,每天情书收到手软,就连回宿舍的时候,都会时不时地从旁边树丛里蹦出几个手捧鲜花的男孩儿向她求爱。

然而,她好像谁都看不上,一次吃完晚饭后,她和闺蜜们一人抱着一盒酸酸乳并肩走在操场上。

那边篮球场上,大刘和弟兄们正在打篮球,沈瑜无意地往那边一望,刚看到了大刘刚刚一个大灌篮,接着就是和队友们击掌的动作,落日的余晖洒在那个身高八尺的男子身上,仿佛带着万丈光芒,就连那个笑容都仿佛带着光圈。

"沈瑜!你在看什么呢?"秦秦和阿蓝问道。

"我在看那个男孩儿!感觉真好!"沈瑜一边吸着酸酸乳,一边花痴般地说道。

"哪个啊?那么一群老农民一般的男人!长得都太粗野了!啧啧啧!"秦秦摇了摇头道。

"你说什么呢?什么老农民啊?你看那个穿白T恤蓝短裤的男孩儿多有味道啊!"沈瑜反驳。

I wait
for you
in my youth

"哦！那个僵尸大刘啊！哎呀,长得真跟僵尸一样！"秦秦打趣道。

"就是,你看他脸上的笑容,多么像农民伯伯看到玉米熟了的样子啊！"阿蓝接着挖苦。

"喂喂喂,不许你们说我的偶像,以后他就是我的心上人,你们两个谁也不许跟我抢！知道吗？"沈瑜瞪着她们两个认真地说道。

"啊？啊？啊？你没发烧吧宝贝！来让我们摸摸！"秦秦和阿蓝震惊地看着她,都伸出手去摸她的头。

"哎呀,我没发烧！我就是喜欢那个男人！"沈瑜一脸骄傲地看着那个在球场上驰骋的男人。

就在这个时候,一副韩剧里面的长腿欧巴范儿的清扬拿着一束玫瑰花递到了沈瑜的面前。

秦秦和阿蓝一看是清扬则立即双手捂住嘴巴,一副花痴样地呆在了原地,只有沈瑜面无表情地将花推回给了他,然后指着又在灌篮的大刘说道:"清扬,以后你别再追我了,我有心上人了,就是那个叫大刘的男人！"

清扬立即僵在了原地,额头上的沁出了大颗的汗珠,他艰难地将视线从沈瑜的身上转到那个球场上的大刘的身上,心里立即排山倒海地翻腾起来,没有想到这个沈瑜的口味竟然这么重。

我在
青春里
等你

可是,自己这种小清新类型的,再怎么变也变不成那种农民伯伯类型啊!他就那样站在那里,脑袋仿佛被雷劈了一般。清扬怎么也搞不清,这个世界怎么变成了这样子,难道是自己的人生观和世界观都跟不上女孩子的节奏了吗?

恰好此时,大刘他们也打累了,开始收拾东西,看上去是要回宿舍了。然后秦秦、阿蓝和清扬就看着那几个无比魁梧的男人抱着球就向他们走来,那阵势简直太过于浩荡,秦秦和阿蓝有些担心地看向清扬,她们此刻的母性情怀被激发到了最大。

她们都搞不懂沈瑜为什么抛下这帅气迷人的欧巴而喜欢对面那高大魁梧的宛若农民伯伯的男人。

沈瑜见大刘他们趾高气扬地走了过来,于是既开心又紧张地冲着迎面而来的大刘摆手打招呼,在她看来走在最前面的大刘简直太威风了,就宛若一个将军带着他的千军万马刚刚凯旋而来。

然而大刘和那些追她的男孩儿是那么的不一样,只见他仿佛根本就没有看到她一般,带着他的队伍浩浩荡荡地从她的身边走了过去。

这个场面让秦秦和阿蓝都惊呆了,怎么可能?那个男人竟然不理沈瑜?这简直是不可能发生的事情啊。陪在沈瑜的身边,看惯了那些对沈瑜低三下四的男孩儿,这样的男人她

I wait
for you
in my youth

们还是第一次碰到。

　　同样震惊了的还有清扬,那个男人竟然对自己的女神如此不敬,简直太过分了。他很生气,但是,文雅如他,怎么可能骂人呢？更别说去找大刘算账了。

　　最震惊的还是沈瑜,自从上学以来,自己一直是被所有的男同学视为女神的,可是,现在这个大刘竟然就这样无视了她？这对她来说简直就是奇耻大辱。

　　"大刘！我刚才和你打招呼,你为什么不理我？"沈瑜跑到大刘的队伍前面,拦住了他们。

　　"你在叫我？"正仰着头眯着眼睛走路的大刘被沈瑜这么一喊立即醒了过来,他左转右转最后低下头才发现了沈瑜,于是习惯性地慵懒地看着她,莫名其妙地问道。

　　"是啊,我刚才冲你摆手,你为什么不理我啊！"沈瑜一脸嗔怒道。此时周围围过来了很多沈瑜的崇拜者,还有一些爱慕清扬的女生。

　　"呃……我又不认识你,你干吗冲我打招呼啊！再说你那么矮,我哪看得到你啊！"大刘微微蹙眉道。

　　"什么？你嘲笑我矮？"沈瑜还是第一次被男人挖苦,气愤地看着大刘。而大刘则一副没啥大事的表情,将球在手指上转了一圈,然后带着他那浩浩荡荡的队伍就开了。

　　沈瑜看着那个高大魁梧的背影,心里委屈到了极点,秦秦和阿蓝看到自己的姐妹在大庭广众下被人拒绝很没面子，于是慌忙拉着她离开了。

2

"呜呜呜呜！他竟然看不上我！他竟然说我矮！呜呜呜呜！"沈瑜到了宿舍趴在床上就哭了起来，任秦秦、阿蓝怎么哄都哄不好。

最后，这两个人也懒得管她了，明明那么多韩范儿帅哥等着他，她偏偏看上了一个那种类型的男人，简直就是疯了。

就在她们两个快要睡着的时候，沈瑜忽然一下子从床上爬了起来，大声地宣布："从明天开始，我要穿高跟鞋！我要穿最高最高的高跟鞋！我以后就天天在他的面前晃！我让他再看不到我！"

大刘回去以后照常洗澡、打游戏、睡觉，根本把这件事忘了。

第二天，沈瑜穿了一件飘逸的藕粉色纱质长裙，把头发也披了下来，并且在从来不施粉黛的脸上画了淡淡的妆，更

I wait
for you
in my youth

是配了一双八寸高的高跟鞋,这下子更像是仙子下凡。

"哇哦!沈瑜!你还要不要人活啊!"秦秦和阿蓝惊呼道,而沈瑜则只是莞尔一笑,一副女神的高贵模样。秦秦和阿蓝则被她那一笑给酥软地瘫在了地上。

她昨天早就看过了,今天她和大刘的班级有一节课是在一个教室上,于是她没有吃早餐就跑到教室,坐在了最后一排,然后把秦秦和阿蓝都赶走。

不管是谁想要坐在那一排,她都说对不起有人了!

因为她是女神,因为她今天那么美丽的妆容,不管是男学生还是女学生都自动地原谅了她的霸道。

大刘今天睡过了头,他们的那几个兄弟看到他们最后一排的专属位置被一个超级仙女给占了,于是自动地坐到了倒数第二排。

"大刘呢?"都开课了,还没有见到大刘的身影,沈瑜拍了拍前面的壮汉冷冷地质问道。

"呃……他还在睡觉!"前排的几个壮汉莫名其妙地看着身后的仙女。

"你们给他打电话让他来上课!"沈瑜接着下命令道。

"哦!"都说漂亮的女生无论做什么事情都是很轻松的,接着前排那一排壮汉都开始给还在做梦的大刘打电话,大刘是被一个接一个的电话给轰炸醒的。

我在
青春里
等你

　　大刘莫名其妙地眯着他那细长的眼睛,晃悠悠地走进了教室,迷迷糊糊地坐到了最后一排,接着趴在桌上睡。

　　沈瑜见他还是无视自己,只顾趴在那里睡觉,心里非常地生气。

　　她撅着她那漂亮的樱桃小嘴,用极其哀怨的眼神看着眼前的大刘,而大刘前排的兄弟们则齐刷刷地侧着头看着沈瑜直流口水。

　　直到下课铃声响起来了,大刘才懒懒地爬起身来,伸了个懒腰,接着看到了前排的兄弟们都脑袋枕在自己的胳膊上,侧着头看着自己的身边。

　　"老小子们,你们都干吗呢?"大刘喊了一声。

　　"看嫂子呢!"整整齐齐的声音宛若军队里喊口号一般。

　　"嫂子?"大刘莫名其妙地转过头,这才看到了一个如花似玉的姑娘正哀怨地看着自己,这姑娘看起来还有些面熟。

　　"咦?你谁啊?干吗坐我这儿啊?"大刘此刻那眯着的眼睛终于睁开了,在沈瑜看来特别迷人。

　　"我是沈瑜,我们昨天见过,在篮球场!你忘了?"沈瑜用自己最为妩媚的眼神看着大刘,说话的时候,还用手抚了下自己的头发,洁白的牙齿轻轻地咬着自己的下唇道。大刘前排的兄弟们看得都快醉了,而大刘则木然地说道:"你是那个小不点儿啊!认识我吗?找我有事?"

I wait
for you
in my youth

　　围观的群众们立即都气得挠墙,而平日里觊觎沈瑜的男生们则在心里狠狠地流着血,他们不明白自己的女神为什么会喜欢这样一个不懂风情的家伙。

　　"有事啊!"沈瑜并不气馁,她就不相信以她的魅力拿不下这个大刘。

　　"什么事啊?小不点儿!"大刘双手抱臂,一脸慵懒的表情看向她。

　　"我不是小不点儿!你看,我很高的!"沈瑜不服气地站起身来,提着自己的长裙转了一个圈圈,顿时迷倒了全教室的男生。

　　大刘还是很迷茫地看着沈瑜,他扬了扬眉道:"你找我有事?"

　　"没事,我就想要告诉你我的个子不算矮的!"沈瑜想要表白来着,但是,在他的面前身为女神的她还是自卑了。

　　"你这个小丫头还挺好玩儿!"大刘的嘴角扬起一道笑意,就是他这一笑,让沈瑜多年以后都深深地记得。

　　从此,他们成了好朋友,每次大刘他们打篮球的时候,都有女神在场加油,为此大刘快成了校园公敌,总是有人来找他PK。

我在
青春里
等你

3

沈瑜就这样一门心思地爱着大刘,而大刘就在全校男生嫉妒的眼神中茫然不知,只是将她当成小妹妹一般,不越雷池半步,甚至连她的手都没有牵过,最为亲密的动作也就是拍拍她的头。

一晃两年过去了,他们的关系依旧如此,然而沈瑜并不是没有进步,因为她成了大刘兄弟们公认的嫂子。

每次大伙当着大刘的面喊沈瑜"嫂子"的时候,沈瑜总是深深地看向大刘,大刘却总是看向别处。

而她一天没有正式和大刘恋爱,那些得不到她垂青的男孩儿们则永远在骚动,清扬还有几个男生一直都在对沈瑜穷追猛打。

"沈瑜!大刘到底怎么回事啊?这都两年了!这黄花菜都凉了,全世界都能看得出你对他的情意,难道他看不出来吗?他是不是不喜欢你啊!"

"沈瑜,清扬多好啊!你还是考虑考虑清扬吧!"

"沈瑜!别在一棵树上吊死了!"

每天朋友们都在沈瑜的耳边念叨,然而她却总是辛酸地

I wait
for you
in my youth

笑了笑，不置可否。而大刘和他的兄弟们在沈瑜的带动下，学习成绩一路上升。

沈瑜也见识了大刘粗犷外表下的儒雅，虽然他看起来像一个五大三粗的人，但他看书的时候，那样子真的是儒雅至极。

他和朋友们想象的一点儿都不一样，他爱看古书，爱写些东西，每次她拉着他和她一起去图书馆，找一个偏僻角落坐下，他便开始看那些晦涩难懂的《资治通鉴》《论语》之类的东西。

而她则坐在他的对面拿着手机宛若花痴一般地拍来拍去。窗外飘着鹅毛大雪的一天，她静静地看着坐在自己对面的他，幻想着他是一个文武双全的将军，而自己就是他的贤妻。

她沉溺于自己的幻想里不能自拔，就连走路的时候都笑出声来，穿着白色羽绒服的她在漫天的雪花里一边转着圈圈，一边开心地笑着。

"什么事情这么开心？"他冷冽的嗓音袭来，她只是温柔地笑笑，两年的时间，把那个高冷的她，变成了温柔似水的姑娘。

其实，大刘除了没有开口和她确立关系之外，没有任何不好的地方，他从来不和任何女孩儿暧昧，他仿佛是女孩儿的绝缘体,他的世界里只有她,虽然没有任何名义。

"没有什么事情,我只是……我只是仿佛看到了另一个世界的我们……"

"哦?你还有这能耐?"大刘一脸好奇地看向沈瑜,而沈瑜的脸上则宛若冬天里盛开的梅花般美好。

"大刘,你说,我们前生是不是认识?我那天在操场上一看到你就被你深深地吸引了!"沈瑜停下脚步期盼地看着大刘,她此刻心里是很悲凉的,她明明感受得到他对自己的重视,可是,为什么不点破呢?

"呵呵,是吗?"大刘向往常一样将眼睛移向别处。

而沈瑜也隐忍着不再说话,继续向前走着。

而此刻,大刘的确在用比她更为深情的双眸看着她那女神般的背影。

自从他的身边出现了沈瑜之后,他每天晚上都会写稿子向杂志社、报社投稿,他的笔名在杂志界和报纸界已经小有名气。

他以她为女主角写着小说,这些都没有告诉过她,他只是觉得她是那么的、那么的美好,而自己只是一个穷小子,在自己没有足够的财力和物力之前怎么配得上那么美好的她呢?

他只是想自己是个男人,如果要交女朋友就要等到自己拥有足够的能力和财力的时候才可以,如果不能给她更好的生活,如果不能承担起应有的责任,他宁可不去承诺,那样就不会让她受伤。

4

可是,有一段时间,每天都必出现的沈瑜竟然连续一周都没有出现。大刘的兄弟们都坐不住了,都推着他去宿舍找她。

如果一个人一直都在你的世界里,朝夕相处,那么当她某一天突然抽身离去的时候,你会发现,她带走了你的整个世界。

其实,在兄弟们提议之前,他早已经去她的宿舍找过她了,可是她的舍友们都说不知道,都说这周沈瑜根本就没有来过宿舍。

她的手机关机,博客、微博都停止更新,他连她的家里电话都打了但也没有人接,她仿佛就像是突然从人间消失了一般,消失得无影无踪、无迹可寻。

他对她的思念铺天盖地地袭来,他宛若失去了生活的所有力量,日日抽烟、喝酒,醉生梦死。

我在
青春里
等你

而又一周后,他接到了她的电话。

"在宿舍吗?出来一下好吗?我就在你的宿舍门口!"电话里是她久违的声音,只是她的声音不似原来的那么明亮,似乎多了些疲惫和悲凉。

他没穿外套就那么光着膀子踉跄地从五楼冲到了楼下,当看到她瘦弱地穿着白色的羽绒服站在那里的瞬间,他大步地冲上去紧紧地抱住了她,他的冲劲儿太大,她后退了几步,他听见她痛苦地哼了一声。

他没有多想,只是紧紧地搂着她,怕他一松开手,她会再次从他的世界里消失。

这个拥抱来得太迟了,可是,她终于等到了不是吗?她乖乖地躲在他的怀抱里,眼泪扑簌扑簌地往下掉,落在他的胸膛上。

"你冷不冷?为什么不穿衣服就出来呢?"沈瑜抽泣着推开他问道。

"我……我怕我出来晚了,你就要走了……那样我就找不到你了……"大刘傻傻地流着眼泪说道,像他这样的大汉流泪真的是一件奇怪的事情。

沈瑜当即就想脱下自己的羽绒服,可是,一直站在她旁边的清扬却一下子捂住了她的手,一脸严肃地看着她,她宛若小兔子一般安静了下来,放弃了脱羽绒服的动作。

这个场景让大刘的大脑一片空白,一种危机感猛然袭

I wait
for you
in my youth

来,难道?他震惊地看向沈瑜,只见沈瑜的脸色苍白,看他的眼神却有几分决绝的感觉。

"清扬,把你的手拿开!"大刘觉得清扬那捂住沈瑜的手太过于碍眼,便伸出手去推清扬的手。

"大刘!我这次来是要告诉你一件事情的!是关于我和清扬的!"沈瑜镇静地看着大刘,一字一句地说道。

"什么?"此刻大刘的脑子有些转不过来,但是,一种很不好的感觉却深深地笼罩在他的心中。

"大刘!我和清扬在一起了!我们要一起出国了!今天晚上的飞机!请你保重!"沈瑜像背台词一般,声若游丝地将它说完,转过身就要走。

"沈瑜!你说什么!你再说一遍!"大刘冲着她的背影大声地喊道。

"现在沈瑜是我的女朋友!我们今天晚上就要一起出国了!"清扬静静地看着大刘一字一句地说道。

"你他妈的胡说!"大刘一个拳头挥了过去!清扬立即被打倒在地!这个时候,听到消息的大刘的兄弟们也赶了过来,看到这个场景猜到了大半,拽起清扬就要打他。

"你们都给我放开他!"

沈瑜回过头,脸上挂着泪痕,冷冷地看着大刘和他的兄弟们。

我在
青春里
等你

听到她的声音,他们都放下了清扬。

"清扬,你没事吧?"沈瑜蹲下身子,扶起被打掉了两颗门牙满脸都是血的清扬。

"大刘!你是我的什么人?我和清扬在一起,关你什么事儿?我只是觉得和你朋友一场,来跟你告别,你这是干什么?"沈瑜生气地看着他,因为气愤而加重了呼吸,随即便剧烈地咳嗽起来。

"沈瑜!我们走!"清扬揽过沈瑜便大步向他们的车子走去。

"沈瑜!我爱你!你别走行不行?我已经快要攒够给咱们买房子的钱了!我迟迟不向你表白,是想在你的生日的时候,能把房子的钥匙交到你的手上时候,再向你表白,我只是一个穷小子,我怕我没房没车会委屈你!你不要走!不要离开我!"

大刘快走几步挡在了清扬和沈瑜的面前,听了大刘的话,沈瑜抑制不住地失声痛哭起来。在清扬不注意的瞬间,大刘便一把拉过沈瑜,将她搂进自己的怀里,霸道地吻住了她的唇。

周围响起了电闪雷鸣般的掌声。

"啪"的一声,沈瑜一巴掌打在了大刘的脸上,将大刘打蒙在了原地。沈瑜仿佛是用尽全身的力气推开了他。

"大刘!我本来当你是朋友,你竟然这样!以后我们恩断义绝,互不相欠!再也不见!"接着沈瑜便快走几步,打开了车

I wait
for you
in my youth

门,坐上了车子。

而刚才还在发呆的清扬,也是急忙上了车,车子以迅雷不及掩耳之势消失在了校园里,留下了大刘呆呆地站在冷风中,泪水飘飞。

事情反转得太快,所有的人都不理解,包括大刘和他的兄弟们,他们不知道为什么大刘就这么被甩了,虽然他们两个从未宣布过恋爱关系,但大家早就将他们当成了一对。

那天之后,一向硬朗的大刘病了很久很久,几个月后,他打开宿舍的门,发现春天来了,树枝发芽了,他看着蓝蓝的天空,告诉自己该重新生活了。

他开始每天都去图书馆,坐在他们曾经一起坐过的位置上学习,沿着他们一起走过的路自己慢慢地走,将他们一起看过的电影再看一遍,写着还没写完的小说,独自编着关于自己和她的故事。

他没有拿他攒的钱买房子,而是在校园旁边开了个餐馆,装修精致、口味独特、价格公道,很快便赚到了人生的第一桶金。

他开始开连锁店,赚到更多的钱之后又开始投资影视,业余时间也会写些剧本。日子过得风生水起,身边却从来没有妹子,他的生活依旧和妹子绝缘,不是没人追,只是他不给任何人机会,因为他的心里只有她……

我在
青春里
等你

5

  心情不好的时候,他总是会来到自己最先开的这个小店——学校旁边的餐馆里坐着,以前的那个小餐馆,如今已变成了装修豪华的大饭店,其装潢风格是她比较喜欢的书卷气息、竹林风情。

  他总是会坐在一个角落里,观察着来这里吃饭的学生情侣,他总是不止一次地想起沈瑜,想起第一次见面是她拦在自己的面前,仰着头不服气地说道:"你为什么不理我?"

  想起她在大雪纷飞中跳舞,然后回眸一笑问自己:"你说我们前世是夫妻吗?我第一次见你就被你深深地吸引了!"

  每到这时,他都会不停地喝酒。

  这天,屋外下着鹅毛般的大雪,天寒地冻,店里非常地冷清。又是一年落雪时,他又想起了她,于是,一个人又在沉闷地喝着酒。

  这时候,门开了,一个穿着考究的男人走了进来,坐到靠窗的位置。

  他点了一杯热咖,一边喝着一边看向窗外。

  大刘觉得一个人喝酒太过于无聊,拿着酒杯走到客人的

I wait
for you
in my youth

面前,豪气地说道:"我请你喝酒!怎么样?"

男人转过头看向大刘,只听见"哐当"一声,大刘手里的酒瓶和酒杯都掉落在了地上,惊得服务员马上过来打扫。

"清扬?"

"大刘?"

两个男人的大脑就像死机一样,对视了很久却没有人说话。

"她过得好吗?"大刘坐了下来,直直地看着清扬的眼睛问道,这么多年了,她和他消失得无影无踪,甚至学校里没有一个人知道他们的去处、知道他们的联系方式。大刘简直恨他到了极点。

原本以为再次见到清扬,会将他打个半死,却没有想到自己会这么平静地看着他询问沈瑜的近况。

"我不知道!"清扬摇了摇头,也直直地看着大刘。

"你他妈的不知道?你不是和沈瑜在一起了吗?你装什么傻呢?"大刘气愤地一拍桌子恨恨地看向清扬。

"我们没有在一起!"清扬依旧是静静的、淡淡的语气,却仿佛隐忍着巨大的悲伤。

"你骗谁呢?"大刘一下子站起来死死地拽住了他的领子,忍着要揍他的冲动。

"你除了会这个你还会什么?你真正关心过沈瑜吗?你知

> 我在
> 青春里
> 等你

道她最后的日子是多么的痛苦吗?她每天都喊着你的名字!那个时候你在哪里?她那么爱你,什么都为你想好,什么都为你去做,而你,又为她做过什么?"清扬说着说着就开始抽噎,最后用双手捂住了脸,控制不住地大哭起来。

"你说什么?什么最后的日子?到底是什么意思?你他妈的跟个娘们似的哭什么啊?你告诉我!告诉我是什么意思?"大刘失控地摇晃着清扬,而他心里的恐惧瞬间蔓延到了全身,他仿佛又看到了那个雪地里抬头问自己前世他们是不是夫妻的女孩儿……

原来,沈瑜查出得了重症,家人带她去国外治疗,而清扬也正好举家迁往国外,他们两家原本相熟,她央求他假装是自己的男朋友,为的就是让大刘死心,放下自己,让他能够有新的生活。

而她终究没有抵抗过病痛的折磨,死在了异国他乡。

大刘仿佛整个世界都坍塌了,他颓然地跌坐在了地上,若一个孩子般地大哭起来,哭得昏天暗地、哭得地崩山裂……

有些人,有些爱,一旦错过,再转身,已不知要几千年后……

此去经年,已万水千山,千言万语,已无人诉说……

I wait
for you
in my youth

而我也只能到喜欢为止

青春的岁月里,我们面对爱情,不管不顾,飞蛾扑火,不撞南墙不回头,要的就是那种轰轰烈烈,要的就是那荡气回肠,要的就是那激扬澎湃,甚至舍上自己的性命也无怨无悔。可是,一旦到了一定的年纪,每个人都希望自己的爱情,可以是风景看透后的细水长流。就算是眼前的这个人或许很好很好,很合适很合适,或许也达到了很爱很爱的程度,却在行动上只能做到喜欢为止。

萧萧今年已经26岁了,在家乡已经到了剩女的年龄。这个年龄段的女孩子一般都特别地恨嫁,因为好似过了26这个年龄坎,就只能轮到别人来挑挑拣拣了。

就算是这样,萧萧也不愿意将就,相亲前前后后大约也有三十多次了,要不就是自己看上的,人家看不上自己;要不就是看上自己的,自己却一点儿都看不上。

如此来来回回,萧萧也不把嫁人这件事看得那么重了,

我在
青春里
等你

反而变得气定神闲起来,父母和朋友们一唠叨,她就会很淡定地回一句:"爱咋咋的!"

这次一个阿姨介绍了一个男孩儿,说是特别的优秀,不仅工作上进、长得一表人才,而且还多才多艺。

萧萧听着却在心里打了一个大大的问号,这么好的一个男人,这么大了没有对象,不会是弯的吧?

不管怎么样,萧萧还是在母亲的千叮咛万嘱咐下精心地打扮了一番,本来就漂亮的萧萧一打扮就跟杂志上面的时尚女郎一般。

到了咖啡厅,来到提前订好的座位前,她一屁股坐到座位上,见那个男孩儿还没有来,便先点了一杯卡布奇诺,自顾自地玩起了手机。

相亲的次数多了,对于男方迟到这件事情,萧萧还是有些容忍度了。

"你好,请问您是萧萧小姐吗?"

一道深沉好听的嗓音袭来,萧萧抬起头来,看到一个穿着衬衣、标准西裤、黑色皮鞋的男子正一脸微笑地看着她。

对他的第一印象还算是很好,他叫荆忠,是她很喜欢的那种长相,特别干净有范儿的类型,于是她收起手机,报以浅浅的一笑。

两个人就这么聊了起来,男孩儿的单位不错,收入也颇

I wait
for you
in my youth

高,确实跟阿姨说的一样长相好,性格也不错。

但是,她并没有就此冲昏了头脑,虽然心里面有些微微的颤动,但是,她还是冷静地分析着眼前的这个男人,为什么条件这么好还没有对象,如果不是性取向问题,那就肯定是一些实质性的问题,比如花心啦、不负责任啦之类的。

大约过了一个小时,萧萧看了看手表说道:"时间到了,我该回家了!我们以后再联系吧!"

互相留下联系方式后,萧萧自己开车回家。而荆忠则开着他的越野车一路尾随护送她到家,在她停下车子下车后,荆忠也下了车,变戏法似的从身后捧出了一大束的玫瑰花。

"萧萧,今天见到你后,我觉得你真的比这些玫瑰花还要美丽,这些花是我在护送你回家的路上买的,请你收下好吗?"

荆忠说得特别地忠诚,将花放在了萧萧的手里,并深情地望着萧萧。如若是换到十七八岁的时候,萧萧或许真的会觉得很感动,可是,现在的萧萧心里却不知道是什么滋味,脑海里只浮现了三个字:"老油条!"

"萧萧,你怎么也不笑笑呢?难道你不喜欢玫瑰吗?你喜欢什么花朵?到时候我给你买好不好?"荆忠继续对着她笑,萧萧的嘴角只好扯起一道若有若无的弧度。

或许岁数大了就是这样,人家不热情吧,会嫌弃太过于拘谨,人家过度热情吧,又觉得他就是个大聊客,一点儿都不

我在
青春里
等你

靠谱;恋爱技能一点儿没有吧,觉得太木讷,恋爱技能太丰富吧,又觉得这个男人一定是一根老油条。

她回到家里后,爸爸妈妈都围上来问感觉如何,她丢了一句"还行吧",就去浴室洗涮涮了。

其实,她对这个荆忠并不是没有感觉,只是觉得这个男人有点儿不靠谱,还需要再进一步了解了解。

洗涮完毕后,萧萧从浴室里面走出来,拿起手机,发现有好几条未阅的微信全部都是这个荆忠的。

"萧萧,我真的很爱你,第一次见到你我就被你深深地迷住了,你就是我想要找的那种类型,请你接受我吧!我会好好地对你的!"

"萧萧,你怎么不理我了呢?你怎么了?对我不满意吗?我什么地方做错了吗?"

"萧萧,你不喜欢我什么地方呢?我努力地去改好不好啊?"

萧萧看着这一条条的短信,明明都是那么深情款款的表达,她却觉得太过于唐突了,到了这个岁数,好像真的不相信这个世界上还有一见钟情这件事情了。

这样的男人真的可靠吗?这么着急地表达爱意真的好吗?但是,父母的期望,他还算及格的条件,让她并没有一下子回绝。

"我们先从朋友来试试看吧!"萧萧回复道。

I wait
for you
in my youth

"萧萧,你真的就是我这一生的最爱,我一定会用我的真心向你证明我就是你最正确的选择的!"荆忠那边又发来了长长的讯息。

萧萧无语地看了一眼,便将手机丢到了一边,她觉得自己肯定是遇到老油子了,但是,她还有着强大的好奇心,她很想看看这个男人到底还能耍出什么花样儿来。

让萧萧没有想到的是,从第二天开始,就有快递来送花,在花朵里面的卡片上面还写着古典的情诗。

由于当天加班,萧萧晚上并没有跟他见面,而他则一直等在她公司的楼下直到她下班,在她走出公司的那一瞬间,他马上出现,立即给她送上鲜花。

说真的,那一瞬间萧萧也是蛮感动的,闺蜜们也都说,就算是做戏能够做到这种程度,也真是服了。

萧萧觉得或许该给他一次机会。

他们开始试着相处。荆忠悲常善解人意,你含沙射影地说一句,他立马就知道你想要什么。你比较含蓄地表达一件连自己都没搞清楚意图的事情,他也能领会你真正的意图。这样的爱情非常省心,你不用担心你的感情表达不清楚,更不用担心他的,因为他每天都会有他的爱情宣言。

虽然很多时候,他的饭局比较多,饭局上的女孩儿也跟他闹得不亦乐乎,但是,跟他的优点比起来,她还是接受了。

我在
青春里
等你

如果，他们的恋爱就这么一直发展着，或许她和他真的会喜结连理。然而，有一天，萧萧在一个他去饭局的晚上独自在家玩电脑的时候，接到了一个陌生的电话。

"请问你是萧萧吗？"那边的语气有点儿火药味儿。

"是啊！我是萧萧！你是哪位？"萧萧在这边问道。

"我是荆忠的女友，听他说你最近一直在缠着他，请你离我老公远一点儿好吗？如果你找不到男朋友，姐我可以给你介绍！"电话那边的女人说话非常痞气，这让萧萧很不习惯。

"不能你说是就是吧？我还是荆忠的女友呢？而且我们快结婚了！"萧萧也不甘示弱。

"什么？荆忠说娶你了吗？为什么？我都怀了她的孩子了，为什么？求求你，把他让给我吧！如果你不让给我，我就在你们结婚的时候一尸两命！"电话那边的女孩情绪越来越激烈，萧萧立即挂掉了电话，并将电话关了机。

果真如自己想的那般，那个男人确实就是一个感情中的老油条。

萧萧决定放弃，或许就是因为不够爱，或许她对荆忠的感情就只是到了喜欢，没有到达非君不可、非君不嫁的地步。

她单方面地跟荆忠提出了分手，荆忠很惊讶，非常不解地抱住她，祈求她不要离开自己，他最爱的就只有她。

然而她一把推开了他，静静地看着他道："让为你怀孕的

I wait
for you
in my youth

那个女孩儿把孩子生下来吧,好好地照顾他们!"

"萧萧,你就能一直这么理智吗?你是不是从来都没有爱过我?你是不是根本就没有动过心!你简直就是一个冷血的女人!"荆忠生气了。

"我只能说,你真的在我的心里待过很长的时间,我也真的喜欢过你,然而我也就只能到喜欢为止,我不会为了你去和那个为你怀孕的女人大打出手,也不会为了得到你,放任你建'后宫'!更不会为了你,把我的未来都赌上!我赌不起!"萧萧静静地看着他,不紧不慢地说道。

"萧萧!你真的是太冷血了!简直太现实了!"荆忠虽被她说中,但还是强词夺理地反驳。

萧萧冷冷地一笑,开车离开。

和他分手后,萧萧又将要踏上寻寻觅觅的相亲的旅程,虽然不知道未来会怎么样,但是,她知道自己所选择的是正确的。

其实,在感情里面不是谁冷血,也不是谁现实。只是在漫漫的爱恋旅途里,我们学会了保护自己不受伤,学会了一边爱一边在心里度量着后果。因为到了一定的年纪,上有老爸老妈要照顾,下有自己的事业要兼顾,真的经不起爱情游戏的折腾。

还是老老实实地喜欢着一个人,不要那么浓烈,不要那么激昂,只要能静静地拉着手,看繁华落尽,看细水长流,就好。

我在
青春里
等你

最好不相见

第一最好不相见,如此便可不相恋;
第二最好不相知,如此便可不相思。

诗诗用毛笔在洁白的宣纸上写下了这两行字便开始托着腮发呆。安阳那俊逸的脸庞又浮现在了她的脑海里。诗诗皱了皱眉,将纸团成一团,扔进了纸篓里。

她和安阳的感情来得那么突然,她也不知道自己是怎么开始喜欢上安阳的。好像第一次见他的时候,只是感觉这个男人很忧郁。当时她正在看佛学的书,书上说布施不仅仅是钱财,心灵的布施更为高尚,如果你给所有人带去的都是温暖和阳光,那也算是一种布施。

诗诗当时闪现的一念,仅仅是怎么样能让眼前这个男人阳光一点儿,她觉得如果自己能够改变他的忧郁,这就是一种布施。但是,她从来都没有想过,如果男女接触得过多,联系得过密,那么爱情仿佛就像暴风雨般会将没有防备的两个

I wait
for you
in my youth

人淋一身湿。

她此时才想起一句话:"好姑娘是不管别人闲事的!"事后,她也在佛经的有关书籍上看到过,静心修己就好,不要去想着改变和帮助别人,因为你自己本身就不是圣人,很容易被拽进迷途里。可是,那也是感情混乱之后的事情了。

第一次在安阳的工作地点见面后,由于业务关系,两个人留下了相互的联系方式。从他的办公室里面出来,诗诗觉得这个人真心忧郁啊,不过面对自己的时候,他仿佛还是嘴角含笑的,只是那双幽深的眸子里满是掩饰不住的哀伤。

这个男人到底为什么这么忧郁呢?诗诗在心里觉得很好奇。

"如果有机会,我一定会让他变得阳光起来!"诗诗在心里暗暗地想。

她真的希望这个世界上的每一个人都能快快乐乐、无忧无虑的,她从来没有想过,或许有一天自己甚至会比他更为忧郁。

诗诗的文职工作不算是很忙,很多文案处理完后,就会有大把的时间发呆、喝咖啡。这天处理完很多事情后,QQ上面提示有新朋友加她的信息。

"无聊!"

诗诗拒绝了他的请求。可是,她拒绝后,这个人还加,再

我在
青春里
等你

拒绝,还是加,如此往来几次后,诗诗充满了好奇。

为什么这个人这么执著啊?难道是认识我?诗诗同意了他的加友信息。

当会话页面弹出"你们可以正式聊天"的信息后,她便气愤地问道:"你谁啊?有毛病吧?"

"我是安阳!"

那边老老实实地回答。

"安阳谁啊?"

诗诗一时间没反应过来,虽然那天见他的时候很想改造他,但是她属于那种没心没肺的傻大姐类型的,很快便将那件事抛之脑后了。

"我是A贸易公司的!那天我们刚见过!"那边依旧老实地回答。

"哦,是你啊!"诗诗终于想了起来,她有些不好意思地道歉。

事后,她才知道,他不知道她是已婚人士,加她的QQ号码是为了追她。

他们开始天南地北地聊天,诗诗为了让他高兴,总是给他讲各色笑话,目的就是希望再次看到他的时候,能看到的是一张阳光的脸庞。

而从聊天里面她也知道了他的一些事情,他刚刚离婚不

I wait
for you
in my youth

久,离婚的原因是他媳妇儿出轨,肚子里面怀了别人的孩子。

她明白了他的忧郁从何而来了。为了让他摆脱那些痛苦的往事,让他高兴一点儿,诗诗天天陪他聊天,也会物色些女孩儿介绍给他。

可是,他的眼光太高,每次介绍给他却都被他拒绝了。时间流逝,诗诗忽然间发现,自己仿佛每天都要和他聊天,就算是再忙也会跟他说句话。

甚至,还会不自觉地想念他、思念他,因为他们的共同爱好很多很多,都喜欢古文、都喜欢书法、都喜欢绘画。

他们的聊天内容也大多是探讨文学、书法、绘画之类的。

虽然谁都没有说什么,却无一例外地陷入了爱里面。

诗诗开始自责,自己的初衷并不是这样子的,怎么自己会这样了呢?我不是把他只当朋友吗?为什么会这样呢?

如果可以选择,诗诗真的想要选择没有见过他,没有和他相知过,虽然没有后面的相伴、相许等等,光是相见和相知已经让她陷入了感情的暴风雨里。

可是,她却无法自拔,依旧每天和他在网上联系。

她的闺蜜小唯看出了她的异常,因为每次聊天的时候,她的话题总是围绕着闺蜜并不熟悉的安阳。

她的闺蜜小唯在她的眼睛里看到了光芒。

"诗诗!你该醒醒了!"小唯脸色严肃地看着她。

我在
青春里
等你

"怎么了诗诗？你是不是喜欢上那个安阳了？"小唯的眼神直直地盯着诗诗。

"哪里有？"诗诗低下了头,脸红到了脖子根。

"诗诗,如果你不想发生家变的话,现在就将他删了！你是有家庭的人！"

小唯的声音很大,仿佛一个警钟在她的耳边狠狠地敲响。

"我……"

"怎么？舍不得吗？那你可以想一想你再和他继续联系的后果,你以为你自己隐藏得很好吗？你以为你没和他见面就什么事情都没有吗？你觉得周围的人都是瞎子吗？"小唯恨恨地看着她。

"小唯,我真的不是这个样子的,我只是把他当朋友！"诗诗为自己辩护道。

"好了诗诗,我不会再劝你了,你自己看着办吧！"小唯站起身来离开,留下诗诗一个人沉默地看着电脑上还在闪烁的安阳的头像。

原来,想要拯救一个人并不是一件容易事。

原来,男人和女人真的不应该靠得太近。

原来,身为一个女人对别人,特别是对男人不要有着想要去改变的想法,因为或许你改着改着就把自己给丢进去了。

那夜,诗诗想了很久很久,最后,她强忍着心底的疼痛,

I wait
for you
in my youth

删掉了他所有的联系方式,并调离了那个和他的工作有联系的科室。

他试着用别的方式联系过诗诗,然而诗诗却决绝地再也没有和他联系。

一次错误,生活没有惩罚你,不代表着你再次犯错误还会有侥幸的机会。就算是一开始的出发点是好的,也不能掩盖人贪爱的本性。

因为本性的污点被生活惩罚,那也将会是咎由自取,所以,唯有学会在迷途中抽身而退,才可保全所有的初衷、所有的美好。

虽然还有相思,但也不再联系;虽然还有贪恋,但也会浇灭欲念,一念天堂,一念地狱,有时候一个选择就能决定生死。

不属于你的东西如果白白地落在你的手里,不属于你的人给你倾注的感情,那么它们不是上帝给你的诱饵,就是生活给你设计的陷阱。

再次见到他的时候,是在他的婚礼上。新娘是自己的同事,也就是自己离开那个科室后,新招聘的一个大学生。看着他面对新娘的时候那一脸的笑容,诗诗的心里豁然开朗。或许,即使他需要人拯救,那也应该是属于他的那个人。

走出酒店的时候,风将自己的乳白色丝绸披肩吹落在了

我在
青春里
等你

地上,她低头去取,却有一个人抢先拿起了地上的披肩,递给了她。

她抬头迎上他温和的目光,巧笑嫣然。

"祝福你!"

他温声一笑。

"谢谢你的决绝,让我可以良心安然地幸福!"

诗诗微微一笑转身离去,他看着她那飘然如梦的背影,眼角落下了一滴泪,他始终没有告诉她,他爱她。也许,我们在人生的旅途中会爱上很多人,然而,最终陪在我们身边的也只能有一个人。

面对那突如其来的爱恋,也只能道声珍重,然后消失不见。

I wait
for you
in my youth

最好的爱情是点到为止

爱在这个红尘世界里有的时候是一种艰难的命题,很多的时候,我们并不懂爱的真谛,只是随着自己的心在爱海里沉浮。

其实,或许,最为美好的爱情,是那种互相深爱着却只是凝望,没有现实的萦绕,又比陌生浪漫,隔着一条浅浅的河流,淡淡相望,默默相守。

没有承诺便无所谓背叛,没有牵连便无所谓受伤,没有至死纠缠便也没有最后要斩断情丝的决绝。我们只是点到为止地爱着,并排站在时间的边缘,看人世间的风云变幻。

1

茉莉是一个很没有安全感的女孩子,她会喜欢一个人,但是,她也只会将他放到心底,因为,她怕被拒绝,她讨厌那

> 我在
> 青春里
> 等你

种被拒绝的难堪,所以她宁可将自己和这份感情放在一个安全的位置。

蓝琛是她的部门经理,一个总是身穿考究的男子,他的身材好得可以和明星媲美,俊逸的面庞更是茉莉的最爱,而从国外归来的留洋背景让他的普通话里总是夹杂着几句英文,更是让茉莉迷得不行。

茉莉只是他们部门很普通的一个职员,业绩时好时坏,因为家里早就给她买下了房子,精装修,她也没有什么赚钱的欲望,所以在工作上并不是那种很拼的女生。

她没有什么费钱的爱好,平日里的工资除了基本的花销都固定地存起来,遇到想要买的高档裙子和包包的时候,她才会在那个月猛拼业绩。

遇到部门做职员汇报的时候,茉莉就会脸红到脖子根,声音小到连她身边的人都听不见,甚至结结巴巴地连句话都说不清楚。

偶尔她的位置靠近蓝琛的时候,更是坐立不安,紧张到直咽口水。

那个月她看上了几件高档裙子,还有几个名牌包包还有几双高档鞋子,她就是这样,不买就不买,一买衣服就是成批成量地把一季度的都买下来,直到刷爆了信用卡。

她一般不动用自己的存款,买东西就用信用卡,然后激

I wait
for you
in my youth

励自己努力地拼业绩。这个月的业绩,她拼到了小组第一名的位置。

正好国外总部来巡视工作,要部门主管带着这个月的业绩冠军做汇报,汇报前,蓝琛喊她到自己的办公室。

茉莉紧张极了,不停地喝热水。

"茉莉,你这是干吗呢?主管叫你,你怎么还不过去啊?"栀子笑道。

"是啊,茉莉,主管肯定是怕你又紧张得做不好汇报,特意嘱咐你一下的!不过,你怎么回事啊?这么大的人怎么还跟个小学生似的呢?"刘哥看着她取笑道。

"栀子!你可不可以握握我的手,把你的勇气传给我啊!"茉莉洁白的牙齿紧紧地咬住下唇,心里仿佛有很多的小鹿在乱撞。

"好好好!真是无语了!这么大个人了!"栀子拉着丽娜、文文等一干人等都来握住她的手,她这才咬了咬牙,仿佛进刑场一般走进了蓝琛的办公室。

丽娜看着她的背影,眼神有些特别。

"主……主管……你叫我啊?"茉莉一看到蓝琛就结结巴巴地不知所措。

"茉莉,你从小就这样吗?"蓝琛放下手里的钢笔,抬起头来认真地看向茉莉。

我在
青春里
等你

"什……什么啊?"茉莉有些丈二和尚摸不到头脑。

"你说话总是这样吗?明天总部来听汇报,每个部门这个月的销售冠军都要做汇报,我给你放一天的假,你好好地在家里练练怎么样?"蓝琛意味深长地看了茉莉一眼,语气舒缓,仿佛要照顾茉莉的情绪。

"其实我……那明天你来吗?"茉莉很想说自己平时不是这样的,但是没有说出口,她不知道怎么表达。

"嗯,明天我陪你去,别紧张!你是很优秀的女孩儿!"蓝琛认真地、一本正经地对茉莉说道,茉莉有种想要泪奔的感觉。

"他陪自己?那自己不是要跟他近距离接触吗?无语!我不结巴死才怪!"茉莉在心里面吐槽道,脸上却傻呵呵地笑着。

从蓝琛的办公室走出来,茉莉一副将要死掉的样子。

"怎么样了?没结巴吧?"刘哥和栀子异口同声地问道。

"和以前一样!"茉莉沮丧地回到桌子上收拾东西。

"真是没治了!"公司里的人开始各自忙着自己的,茉莉下定决心一定回家好好地练习。

I wait
for you
in my youth

2

茉莉回到家就给好友小竹打电话、

"竹子！竹子！我该怎么办啊？怎么样才能不结巴啊？明天他还要坐在我的身边,我可要怎么活啊！我死了算了！"

"我说莉莉,你到底是喜欢你主管啊还是和你主管是仇人啊？你主管明儿就坐在你的身边,你还不趁机勾搭,却想着怎么去死？你脑子短路啦！"竹子在电话那边边嗑瓜子,边教训她道。

"勾搭？怎么勾搭？我不要！我这么普通,他不会看上我的！他只要不讨厌我就行了！可是,明天他在,我肯定会结巴的！他一定会讨厌我的！我还不如死了算了！呜呜呜呜！"茉莉在电话这边烦恼不已。

"莉莉,你听我说！我现在就陪你去挑衣服、做造型,你一定要抓住这个能单独和你主管在一起的机会啊！"竹子在电话那边提建议。

"你说的这些都治不了我的紧张啊,唯一不紧张的办法就是他不在,可是,这是不可能的！他是总部最喜欢的主管之一,他一定会陪着的！"茉莉在那边嘟嘟囔囔,却没有什么好

我在
青春里
等你

的办法。

莉莉在家里一夜未睡背稿子,第二天顶着个大熊猫眼就来到了单位,她也没穿小竹帮她挑的衣服,她怕蓝琛看出她的别有用心。

她穿着极为普通的工作服,坐到穿着高档、精致的蓝琛身边,不知道是因为喜欢蓝琛还是紧张,茉莉不停地咽口水。

"茉莉!还有一个就到你了!不要紧张!我相信你!"蓝琛转过头来。"嗯!"茉莉紧张得什么话都说不出来,只是狠狠地点着头,双手紧紧地握着拳头。

轮到茉莉汇报了,茉莉来到了台上,她在心里面默默地告诉自己:一定不能给蓝琛丢脸。有些人,她本来就是那灿烂的烟火,只是平日里,她不喜欢将自己的光芒暴露,因为她知道,就算是最为灿烂的花朵都有凋落的一天,那样的落寞反而更加让人难以忍受。

她只是想小资地、平平安安地、淡淡地过着自己还算惬意的小日子,但是,为了心爱的男人,让她灿烂一下,她也并不介意。

她的英语水平是达到了同声传译的水准的,所以,她的汇报也是所有的汇报人员中唯一一个全英文的,稿件的内容也是精心构思的。其内容并不像其他的人员只是在大力地称赞自己如何努力和上进,她的汇报将主管及整个公司全都囊

I wait
for you
in my youth

括了进去,汇报精彩得让公司老总不停地鼓掌,而蓝琛也被她完美的表现惊呆了。

她虽然是所有的汇报人员中穿着最为普通的,然而无疑是最为迷人的,那种光芒和神采是任何服装和道具都无法衬托的!她就那样站在那里光芒万丈。

而她当即被总公司选中,去南部一个城市当总经理。

当她鞠完躬,走下台来,她吸引了所有人的目光,当然也有蓝琛的,她从他的眼神里看出,她没有让他失望。

他们接着看下面人员的汇报,然而一坐到他的身边,她刚才的气场完全消失殆尽,她又开始垂涎地、紧张地直咽口水。

"You are so wonderful!"蓝琛转过身,深深地看了她一眼称赞道。

"Thanks!"茉莉咽下了嘴里的口水,回复道。

"晚上的酒会你也过来吧!老总的特助在你演讲的时候专门关照的!记得不要穿得这么随便,可能老总有事情要宣布!"他在说有事情的时候,深深地看了她一眼,让她心跳过速到差点儿窒息。

而这次汇报后,整个公司的人都认为茉莉是个不折不扣的心机婊,当她回到自己的办公区域的时候,所有的人看她的眼神都变了。

她们怎么也想不出一个平日里连话都说不利落的人,会

我在
青春里
等你

用全英语做汇报,虽然她们听不懂,但是,从老总那长久不衰的掌声里,也能体会出那内容有多么精彩。

"藏得挺深啊!茉莉!"丽娜走过来,长长的丹凤眼微微上挑,一副不服气的样子。

"我只是不想让主管失望!"茉莉并没有看出丽娜眸子里面的嫉妒,摸着自己的头傻傻地说道。

"那你平日里的结巴是怎么回事?装的吗?没想到你的心机这么深!"茉莉一提到蓝琛,丽娜看她的眼神更为凌厉了。

"我……"茉莉突然不知道该怎么回答,这好像是自己的私事,没有必要跟她们汇报吧。

丽娜见她不说话,仿佛让所有人都认为茉莉是"心机婊"的目的已经达到了,转过身离去。

茉莉见所有人看她的眼神都有些奇怪,觉得继续坐在这里也是尴尬,于是收拾东西回家,拉着小竹到家里替她选衣服。

她拿出衣柜里那并排挂着的高档裙子,这些裙子她虽然买回来,但是很少有穿到的机会,因为大多数的时间里面她都是在公司和家里两点一线间度过。

"茉莉!你真的是太棒了!今天晚上你是不是就能和你的白马王子近距离接触了?"小竹一脸奸诈的笑意。

"是啊!今天晚上或许是这一生我离他最近的距离吧?以后

I wait
for you
in my youth

也不知道是不是还有这样的机会!"茉莉试了一件藕粉色的修身套裙,特别适合她淡雅的气质,她一边照镜子,一边沉吟道。

"这件衣服好看啊!我给你画个淡妆,然后你再把头发披下来!我想今天晚上你一定能迷倒你的白马王子!"小竹仿佛比茉莉还要兴奋,而茉莉只是害羞地笑着,眼睛里却充满了憧憬。

酒会开始了,茉莉淡雅迷人的气质在酒会上鹤立鸡群,蓝琛也深深地看了她好几眼。

她知道,自己来酒会就代表着蓝琛这一组,所以不能给他丢脸,所以,茉莉一直维持着得体的笑容,非常周到地跟在蓝琛的后面跟各位老总握手并用流利的英语交谈。

老总冲茉莉投以赞许的目光,而茉莉不知道的是,自己的命运从此发生了改变。

"茉莉,我很欣赏你的才能?我们希望你去南方工作,担任那里的主管?你觉得怎么样?"老总突然用标准的中国话问道。

这突如其来的一问,让茉莉一下子愣住了,她第一个反应就是看向蓝琛。

"老总,茉莉是个独生女,我觉得她可能需要回去跟她的父母商量一下,我们给她三天的时间考虑怎么样?"蓝琛忙替茉莉回答道。

"OK!"

"不过茉莉,我们真的希望你能担任这项工作!"老总又

我在
青春里
等你

对着她说了一些话,可是,茉莉什么都没听见,只是傻傻地看着蓝琛。

酒会结束后,蓝琛送她回家,坐在副驾驶座上的茉莉一直歪着头静静地看着蓝琛,她在心里面想,如果他让自己留下,自己就会毫不犹豫地留下。

"茉莉,这是一个很好的机会,我希望你能抓住这个机会!"蓝琛一边开车一边说道,声音依旧是她喜欢听的清冽的略带深沉的声音,她是多么想要抓住这个男人,一辈子都听他说话啊。

"可是,主管,那样我就看不到你了!"茉莉直直地盯着他,傻傻地说道。

"我这个当主管的平日里也没有帮到你什么,而且,我们总公司经常有活动,怎么会见不到呢?"蓝琛转过头看向她,轻轻一笑露出洁白的牙齿,瘦削的脸庞上的笑意宛若黑夜里的月光,让茉莉的心里一阵暖。

"可是,那怎么比得上每天都见到呢!"茉莉一排整齐的牙齿紧紧地咬住下唇,仿佛很难过的样子。

"茉莉……"

"恩?"

"你的家到了……"

"哦……"

I wait
for you
in my youth

茉莉此刻几个念头在大脑里面转了好几圈,她在想是不是该就此向他表白,看看他是否接受自己?可是,自己刚才说得那么直白了,如果他对自己有意思的话,是不是就能看出自己的心思了?

茉莉呆呆地看着蓝琛不肯下车,还在纠结怎么跟他说自己的事情。

"茉莉……"

或许每个男人都受不了一个崇拜自己的女人在自己的面前含情脉脉可怜兮兮的样子吧?

蓝琛伸出手想要去抚摸她的头,可是,在快要接近的时候,手却停在了半空中。

"茉莉,我希望你能接受挑战,我想你一定可以的!不要让我失望!回去吧!你的父母在等你!"

茉莉的脸色就着酒劲儿红得像红苹果一般,刚才她以为他会搂住自己,却没有想到等来的竟是这样的告别。

茉莉咬住下唇,痴痴地看了他一眼,便推开车门走下了车子。

而他也走下了车子,站在车子的旁边看她离开,她一步三回头地走向自己家的单元,她看着他挺拔的身材在夜色里是那么的清俊美好。

"或许,今天晚上真的是离他最近的时刻吧?"

我在
青春里
等你

茉莉转过身提着自己的裙子跑向蓝琛，她冲到他的怀里，搂住他的脖子，在他的嘴角给了他一个浅浅的、点到为止的吻。

"主管，我不会让你失望的！"

她含羞的声音里面又带着决然的意味，转过身很快就消失在了夜色里。蓝琛伸出手，摸摸自己的嘴角，英俊的脸上扯起一道浅浅的笑意。

几年后，茉莉回到了这个城市，已经成为整个片区的区域经理，而蓝琛也已经调到国外的公司担任总部的要职。

茉莉一说起蓝琛嘴角还是会扯起一片甜蜜温馨的笑容，他们的关系就如那初夏的风，温柔淡然，没有过多的情感纠缠，互相见面的时刻，就如那四月的花季充满着美好的味道。

或许最好的爱情就是这样一份点到为止吧，不互相深入探究，便没有认清现实后的落空，没有太多的索爱，就没有太过于疼痛的伤害，很多时候，我们爱的是那个人，可是，我们不想过深地纠缠而破坏美好的距离，就让我们点到为止，将那最美好的一瞬永远留在记忆深处。